鬼《おに》の戀隠《こいかく》し

HIKARU MASAKI
真崎ひかる

CHOCOLAT BUNKO

ILLUSTRATION 陵クミコ

CONTENTS

鬼の戀隠し

「静夏《しずか》。おまえは、『アチラ』に戻るんだ」

頬を包む大きな手は、ひんやりと冷たい。静夏が首を横に振ろうとしても、許してくれなくて……唇《くちびる》を震わせた。

「なん……で？　一緒にいようって、言ったのに」

「いられたらいい、とは思っていたが……もう無理だ」

淡々とした声で返されて、小さく「嫌だ」と口にする。

離れたくない。だって、ここを出て……離れ離れになれば、二度と逢えないかもしれないのだ。

「一緒にいたい……」

「おまえのためだ」

なにが、自分のため？

ここで、共にいることが一番の望みなのに。

泣きそうな思いで、もう一度「一緒がいい」と訴えたのに、彼は険《けわ》しい表情で首を横に振る。

こちらをまっすぐに見詰める双眸《そうぼう》は、右が黒曜石《こくようせき》のような漆黒《しっこく》、左は深海を映すような紺碧《こんぺき》で……ただ、美しい。

「おまえが大事だ。……だから、さよならだ」

やさしい声で残酷《ざんこく》なことを告げると、静夏の反論を封じるかのように唇を重ねてくる。

ズルい。そんなふうにされると、なにも言えない。

言いたいこと、言わなければならないことは無数にあるのに……すべて封じられて、言わせてもらえない。

せめてもの意思表示を、と。

両手で、広い背中に力いっぱいしがみついた。

唇にぬくもりを感じながら、たまらない焦燥感《しょうそうかん》が込み上げる。

「ン……ン、っふ……」

声を上げなければ。

でも、どんな言葉で言えば伝わる……？　大事なら、傍《そば》に置いてほしいと……望むことはそれだけなのに。

どれほど縋りついて懇願《こんがん》しても、「さよなら」を告げた彼の決意は揺るがないだろう。

その行動の原理は、「静夏のため」であり、静夏自身がどう言っても意思を曲げることはできない。

わかっている。静夏も理屈では、それが互いのためだとわかっていながら……どんな結末が訪れようと、共に居たいと願うのは自分の我儘《わがまま》だ。

けれど、理性で割り切れない想いが「嫌だ嫌だ」と子供のように繰り返した。

「ここのことも、俺のことも……全部、忘れろ。生きてくれ、静夏」

一際《ひときわ》強く背中を抱かれた直後、突き放される。

朦朧《もうろう》とする意識の中、必死で伸ばした指先は……届かなくて。

「ゃ……だっっ！　は、やて……っ、ぅ」

自分の声に驚き、静夏は勢いよくベッドに上半身を起こした。ドクドクと、激しい鼓動が耳の奥で響いている。

「な、んか……言った？」

喉がヒリヒリ痛むのは、無理に声を搾《しぼ》り出したせいに違いない。

夜明けが近いらしく、カーテンの隙間からは薄ぼんやりとした朝陽が細く差し込んでいる。かすかに聞こえる小鳥の囀《さえず》りが、いつもと変わらない一日の始まりを告げていた。

自分がどこにいるのか確かめたくて、そろりと視線を巡らせる。

目に映ったのは、薄い水色のベッドカバーにアイボリーの壁紙、壁に沿って置かれた書棚代わりのカラーラックと窓際にあるデスクセット。

どこもおかしくない。慣れ親しんだ自室だ。

夢から醒めやらない頭が、そう認識して安堵するのに、数十秒を要した。

「は……ぁ」

大きく肩を上下させて、パジャマの胸元を握り締めた。不快な寝汗で、薄い生地がジットリと湿《しめ》っている。

目覚める直前まで、自分がどんな夢を見ていたのか……思い出そうとしても、欠片《かけら》も浮かばなくて気味が悪い。頭の大部分に、黒い靄《もや》がかかっているみたいだ。

「なんだよ、ちくしょ……っ」

記憶の欠如《けつじょ》は、今に始まったことではない。静夏には、どこでなにをしていたのか自分でもわからない時期がある。

今から三年前、十七歳の夏……祖父の葬儀のために訪れた山間の集落で、行方不明になった。

それも、決して短くはない期間だった。姿が見えなくなってから、約一ヵ月後。山へと続く小道から、ふらりと姿を現したところを発見され保護された……らしい。

いなくなったというあたりから、戻ってきたというところまで。

静夏の頭からは、すっぽりと記憶が抜け落ちているのだ。気がつけば、祖父宅の大広間で大勢の地域住民に囲まれていた。

祖母を始め、集落の年寄りたちは『神隠《かみかく》し』だと結論付けたけれど、現代社会において人が一ヵ月ものあいだ消息不明になったにもかかわらず、そんな言葉で済ませようという閉鎖的な地域性が恐ろしい。

警察に届け出ても、山に迷い込んで遭難したという確証があるでもないし、滑落《かつらく》した痕跡もない。

お年寄りや子供ではなく健康な高校生の少年なのだから、自分の意思でどこかに出かけているのではないかと、大規模な捜索隊が組まれることもなかったらしい。

最初の数日で警察は引き上げ、地元の青年団と消防団を中心に捜索されたと聞いたが、母親は「神隠しだなんて時代錯誤《じだいさくご》だ。警察もまともに取り合わないなんて」と、憤《いきどお》りを隠さなかった。

ただ、静夏が無事に戻ったことで、『終わりよければすべてよし』という扱いとなり、行方不明のあいだどこでどうしていたのか解明しようとする人もおらず、記憶の欠落を追及されることもなかった。

もしかしたら、夢の中でその一ヵ月を追体験《ついたいけん》しているのかもしれないが、目が覚めればなにも憶えていない。

集落の住人が、総出で捜索したにもかかわらず見つからなかったという自分が、どこでなにをしていたのか。

一ヵ月ものあいだ、どうやって生きていたのか。

健康状態に特に問題はなく、ただ一つ……記憶が抜けているあいだにどこかで痛めて自然治癒したらしい膝《ひざ》あたりが、今も時おり鈍い痛みを訴える。

その痛みが、あの『不可解《ふかかい》な夏』が現実に我が身に起こったものだと、静夏に知らしめる。

記憶の空白は、静夏を堪らない不安に落とし込む。胸にぽっかりと空いた穴を埋める術《すべ》もなく、気持ちに折り合いがつかない。両親も話題に出すことはなく、静夏だけが、今も自分の中から抜け落ちた時間を探し続けている。

「思い出せ……、思い出せ、思い出せよっっ」

自身へのもどかしさを口にしながら、拳《こぶし》を握って頭を殴る。

これまでも、幾度《いくど》となく記憶をよみがえらせようと試みたのだけれど、その糸口さえ掴めない。

「あの夏……なにがあった？」

少しずつ明るさを増す部屋の中、遣《や》る瀬《せ》無い思いで唇を噛《か》んだ。

夢の余韻《よいん》を追い求め……長い時間、ベッドから動くことができなかった。

「茅野《かやの》っ。おーい、目ぇ開けたまま寝てるんじゃないだろうな？」

「っ！」

そんな声と共に、男の顔が突如《とつじょ》視界へと飛び込んできた。驚いた静夏は、反射的に背中を仰け反らせる。常に夢見がよくないせいで、慢性的な睡眠不足だ。日中でも、気を抜くとぼんやりしてしまう。

「……宮原《みやはら》。必要以上に顔を近づけるな」

静夏の苦情に、宮原は右手で顔を覆《おお》って大袈裟《おおげさ》に嘆《なげ》いて見せた。

「あー、その反応……傷つくなぁ。相変わらず、茅野ってばつれないんだから。俺、そんなに不細工《ぶさいく》じゃないと思うんだけど」

「造作の美醜《びしゅう》が問題じゃない」

ぶつぶつ文句《もんく》を零す友人に、呆れてため息をつく。

確かに宮原は、本人が『不細工じゃない』と口にしても嫌味ではない容姿の持ち主だ。俗に言う『イケメン』かもしれない。

でも、あいにくと静夏は、男の顔を間近で目にすることをありがたいとは思えない。

「ちょっと、宮原くんに茅野くん。遊んでないで、打ち合わせに参加してよ。夏のフィールドワークの候補地、この三つに絞っていいわけ？」

「あ……あ、ごめん広田《ひろた》さん」

ホワイトボードの前に立っている女子学生に苦情をぶつけられ、宮原から目を逸らす。そうだった。今はゼミの時間で……大学の夏休み中に出向く、フィールドワークの候補地を決めているところだった。

「希望があるなら、今のうちに言っておいてね。決まってから、やっぱりこっちがよかった……とか後出しされると、最悪だから」

広田は、ゼミの中で一番のしっかり者で、ハッキリと物を言う。キツイ性格だと敬遠するゼミ生もいるけれど、静夏は自分には絶対できないまとめ役をしてくれる広田に感謝している。

広田がポインターで指した先、ホワイトボードに並ぶ字をチラリと目にした静夏は、短く答えた。

「交通費と滞在費が安いところなら、どこでもいいよ」

静夏が属しているゼミは、民俗学《みんぞくがく》を専攻にしている。日本各地に存在している、様々な言い伝えを調べて検証するのだ。

現代日本でも閉鎖的な土地には根強く残っている独特の風習《ふうしゅう》は、調べれば調べるほど興味深い。

静夏の言葉に、広田はムッとした顔で言い返してくる。

「投げやりな答えだなぁ。真剣に考えてよ」

どこでもいいという一言のせいで、おざなりな返答だと思われたらしい。

小さく「ごめん」と口にした静夏は、改めてホワイトボードへと目を向けた。

「投げやりってわけじゃないけど、あ……？」

最終候補地としてホワイトボードに並べられている地名は、三つ。その一つに見覚えがあることに気づき、かすかに目を見開く。

「茅野くん？　なにか気になる？」

静夏の顔で、引っ掛かりを感じたことがわかったのだろう。首を傾げた広田は、なにかあるなら発言するように視線で促《うなが》してくる。

「その、一番下。確か、父親の出身地だ」

「へぇ？　じゃあ、馴染《なじ》みがある土地ってこと？」

広田は、右手に持っている赤ペンでホワイトボードに記してある一番下の地名に二重のアンダーラインを引く。

いつの間にか他のゼミ生たちも雑談《ざつだん》をやめて、静夏と広田のやり取りを注視していた。

なにやら、期待してくれている彼らには申し訳ないが……。

「いや、もともと親戚づきあいが希薄《きはく》だから、馴染みがあるとは言い難い。直近では、三年前に祖父さんの葬式《そうしき》の出るために行ったくらいだな。そんなに面白い土地じゃないよ」

大して役に立ちそうではない。

そう感じたのか、

「なーんだ」

静夏の答えに、広田は露骨《ろこつ》に落胆《らくたん》した声を零した。

……三年前。

あの夏は祖父の通夜と葬式、二泊三日の滞在予定で出向いたのだが、思いがけず山間の小さな集落でひと夏を過ごすこととなった。

静夏の身に起きたことの特異性、しかもそれを地域ぐるみで隠蔽《いんぺい》しようとしたと捉えた母親は、「不気味な土地だわ。二度とあそこには行かないから」と父親に宣言して、今も実行している。

昨年祖母が亡くなった際も、母親が拒否感を抱く理由が理解できなくはない、という父親が一人で田舎《いなか》に出向いたのだ。

両親は、静夏の前ではあの地のことを話題に出そうともせず……たった三年しか経っていないのに、ずいぶんと時が過ぎたように感じる。

霞《かすみ》がかかったような記憶を手繰《たぐ》り寄せる静夏は、見るからにぼんやりとした様子だったに違いない。

もう意見を求められることはなくて、ゼミの中でも積極的な宮原と広田でフィールドワークの候補地についての議論が交わされる。

もともと大人しいと言われる静夏は、自《みずか》ら議論の輪に加わるタイプではない。目的地がどこになろうと、決定に従うのみだ。

隣にいる宮原が、

「あそこに縁があるとか、初耳なんだけど。後で話せよ」

と声をかけてきたけれど、静夏は曖昧《あいまい》な微笑で誤魔化《ごまか》した。

誰が相手だろうと、あの土地のこと……三年前、我が身に起きた非日常としか言いようのない出来事を語る気はない。

それが、自分たちが属するゼミの研究テーマに、関わりがないわけではないとわかっていても。

□□□

駅からの路線バスは、二時間に一本。一時間半も山道を揺られてようやく目的地へ辿《たど》りついた。

結局、この土地でフィールドワークをすることになったのは静夏と宮原の男子学生二人に、広田に鹿島《かしま》という女子学生二人の四人だ。

いつの間にか目的地がこの山間部の集落に決定していて、宮原とセットのように扱われている静夏は、有無《うむ》を言わさずグループに加えられた。フィールドワークの行き先がここだと知れば、両親……特に母親が反対することはわかっているので、目的地を誤魔化して家を出てきてしまった。

「すげ……」

宮原は、小さくつぶやいたきり絶句《ぜっく》してしまった。

事前に下調べをして予想はついていたはずだが、田畑が広がる牧歌的《ぼっかてき》な風景に普段は饒舌《じょうぜつ》な広田も言葉を失っている。

午後三時過ぎという時刻にもかかわらず、どことなく薄暗い。集落を取り囲むように聳《そび》えている山が、西に傾きかけた太陽の光を遮《さえぎ》っているせいだろう。

頭上を横切ったカラスが、カァと声高に鳴いた。それに触発《しょくはつ》されたのか、宮原が我に返って口を開く。

「ぼうっとしていたら、冗談じゃなく日が暮れるな。えーと、これから一週間滞在するのは……」

スマートフォンを手に持った宮原が、画面に視線を落としたところで、こちらへ向かってきたワゴン車が自分たちの前で停まった。

なんだ？　白い車体は傷だらけで、ヘッドライトのプラスチックカバーは黄色にくすみ……ずいぶんと歴史を感じる車だ。

そう思いながらワゴンを眺めていると、運転席のウインドウが下がり、ハンドルを握っている青年が顔を出す。

その精悍《せいかん》な顔立ちの青年に見覚えがあることに気づき、静夏はさり気なく長身の宮原の陰に身を隠した。

「やっぱり、このバスだったか。君たち、事前に連絡をくれていたS大の学生たちだよな。代表は……宮原くんか」

親しげに話しかけてきた青年は、宮原の名前を口にする。

この集落に滞在するにあたって、宮原が代表として役場との交渉をしていたのだ。

「あ、はい。宮原です」

うなずいた宮原に、運転席の青年が朗らかに答えた。

「っと、自己紹介が先だった。これじゃ不審者だな。役場の茅野です。茅野誠也《せいや》。君たちに滞在してもらう家の鍵を、渡そうと思って……」

そこまで語った青年が、唐突《とうとつ》に言葉を切った。そっと視線を向けると、バッチリ目が合ってしまう。

息まで潜《ひそ》めて気配を殺していたのに、気づかれてしまったらしい。

「もしかして静夏か？」

「……お久し振りです、誠也さん」

無視するわけにはいかず、渋々《しぶしぶ》答える。驚いたように「やっぱり静夏か」と声を上げて、目をしばたたかせた。

広田たちの視線が集まって、居心地が悪い。

「茅野、知り合いか？　って、同じ名前……だな」

宮原の問いに答えたのは、当の静夏ではなく誠也だった。

「そうそう。知り合いっていうか、静夏とは親戚なんだ。父親同士が従兄弟《いとこ》だから、又従《また》兄弟ってやつかな。静夏ってS大に通っていたのか。賢いなぁ。フィールドワークのために滞在したいって連絡をくれた時に、名乗ってくれればよかったのに。水臭《みずくさ》いじゃないか」

「……ちょっと、茅野くん。ここに親戚がいるなんて、どうして先に言ってくれないのよ。親しそうじゃない」

「父親の出身地とは聞いていたけど、今も身内がいるなんて知らなかったぞ」

誠也と広田、宮原、三方向から苦情を寄せられてしまう。

「隠そうとしたわけじゃなくて。本当に、普段からあまりつき合いはないし……都合がいい時だけ連絡するのは、どうかと思って」

静夏は視線を足元に落として、当たり障《さわ》りのない理由を零す。

誠也は、静夏が父方の親族を意図して避けているのでは……などと変に穿《うが》った受け止め方をしなかったようで、カラリと笑った。

「静夏は、昔っから大人しい子だったからなぁ」

そう言われても、どう答えればいいのかわからなくて……結局、黙り込んでしまう。

気まずい空気が流れそうなものなのに、誠也は笑みを消すことなく言葉を続けた。

「……っと、立ち話もなんだから、よければ乗るか？　君たちに貸し出す家まで、送っていく。簡単に、説明もしておきたいし」

ワゴン車の後部座席を指差しながらそう口にした誠也に、広田が一番に反応して歓迎の声を上げた。

「わぁ、ありがとうございますっ。助かります。正直、途方に暮れていて……ね、悠美《ゆうみ》」

もう一人の女子である鹿島に同意を求めると、広田より遥かに大人しい鹿島は無言で小さくうなずく。

積極的な宮原と広田が中心になって計画を立て、静夏と鹿島がサポート役になる……というのは、フィールドワークでも変わらなさそうだ。

「ははは、都会から来た人から見れば、とんでもない田舎だろ」

人懐《ひとなつ》っこく笑う誠也は、三年前とさほど変わっていないように見える。

都合よくバス停のところに現れたことからも、役場勤めらしい誠也が、珍《めずら》しい学生の客人である自分たちの世話役を買って出てくれたのかもしれない。

昔から、変わっていない。静夏が『大人しい子供』なら、誠也は従兄弟や又従兄弟といった子供たちすべての『面倒見のいい兄』だった。

宮原から物言いたげな視線は感じていたけれど、静夏はそれに気づかないふりをして誠也がハンドルを握るワゴンに乗り込んだ。

この集落にホテルや旅館はないので、これからの一週間、集落の外れにある一軒家が静夏たちの滞在場所となる。

現在は役場が管理している建物らしい。

役場が主体となって、住む人のいなくなった古民家を民泊として提供してくれるので、学生には嬉しいことに格安だった。

それも、複数の候補地からここに決まった大きな理由になっている。

古びた日本家屋だが、都会育ちらしい三人の目には新鮮に映るようだ。物珍しげに、納《なん》戸《ど》や天袋《てんぶくろ》の扉を開けては覗いている。

「ねっ、あのアニメみたいじゃない？」

「同じこと考えてた！　妖怪とか出てきそう」

女子二人は、なんとなく不気味な空気の漂《ただよ》う古びた家屋を嫌がるでもなく……ノスタルジックなアニメの舞台のようだと、楽しそうだ。その様子を見ていた宮原は、「女性陣に文句を言われなくてよかった」と安堵の息をついた。

「電気と、水道……は地下水をくみ上げているから問題なく使えるが、防災上の理由でガスは止めてある。煮炊《にた》きには、このカセットコンロを使ってくれ。鍋と、フライパン……ホットプレートも用意してある。あ、風呂のボイラーは灯油だから、ガスが止まっていても大丈夫だ。灯油は、君たちが来る前にタンクに補充してある」

ひと通りの説明をした誠也は最後に台所に入り、テーブルに置かれたカセット式のガスコンロと予備のガスボンベ、ホットプレートといった調理器具と食器類を指差した。

自分たちのために、準備してくれたらしい。

「食料は役場の前にある商店で購入してもいいし、畑仕事をしているじいさんやばあさんに声をかけたら野菜を分けてくれるだろう。君たちがここに滞在することは、言ってあるから不審人物扱いされる心配は無用だ。もしなにか困ったことや問題があれば、この役場の番号か……俺の携帯に連絡してくれ」

誠也は、話しながら名刺を取り出してガスコンロの脇に置く。チラリとこちらに視線を向けてきたけれど、静夏は目が合う直前にうつむいた。

「はーい。ありがとうございましたっ。一週間、お世話になりまーす」

初対面であろうと物怖《ものお》じすることなく答えた広田に、誠也は「元気だなぁ」と笑った。

「じゃ、あとは若者に任せてオジサンは退散《たいさん》するか」

「あ、玄関までお送りします。でも茅野さん、オジサンっていうほどの年齢じゃないですよね。私たちと、あんまり変わらないように見えますけど。ね、悠美」

「……ですよね。おいくつですか？」

「あー……二十五になった。君たちは」

「二十歳です。宮原くんと悠美は、まだ十九だっけ？」

三人は、初対面とは思えないほど賑やかに話しながら、玄関へと向かう。

台所に残った静夏が小さく息をついた直後、気を抜くのを見計らっていたかのようなタイミングで宮原が話しかけてきた。

「なぁ、茅野。親戚ってわりには、なんかよそよそしくねぇ？」

「前も言ったと思うけど、ほとんど交流がないんだ。一番最近に逢ったのは、三年前……祖父の葬式の時だし。一応は親戚だけど、おれの感覚は他人と変わらない」

自分でも冷たい態度だと思う。でも、本当に他人と変わらない関係なのだ。誠也には申し訳ないが、親しげに『静夏』と呼ばれることにも、戸惑うほど……。

宮原は、あまり話したくないという本心を隠そうともせず渋々答えた静夏に、小さくうなずいた。

「へぇ。まぁ、俺もほとんどつき合いのない親戚がいるから、わかんなくはないか。でも、あっちは茅野に友好的だよな」

「兄貴肌っていうか、面倒見がいい人なんだよ。宮原とか広田と気が合いそう」

これで話は終わりだ、とばかりに宮原の脇を通り抜けて台所を出る。玄関先からはまだ誠也と広田の声が聞こえていたけれど、静夏は荷物を置いてある部屋へと入って室内を見回した。

ここで、一週間……か。

早々に誠也と顔を合わせたのは予想外だったが、さほど深く接することはないだろう。宮原にも語ったとおり、三年前を最後に、静夏は父方の実家である茅野の本家との交流をほぼ絶っていたのだ。誠也とも、もう顔を合わせることはないと思っていた。

誠也の真意は読めないが、伯父たちもきっと静夏と係わりたくないはずで……でも、帰宅した誠也は伯父や伯母に自分のことを語るだろうか。

住人たちも三年前のことを忘れていないはずなので、静夏が再びやって来たことを厄介《やっかい》に感じるかもしれない。

自分は、あまりこの地域の人たちと接触しないようにしたほうがいいかもしれない。誠也は、農家の人に話せば野菜を分けてくれるだろうと言っていたが、そのあたりは宮原たちに任せよう。

「参ったなぁ」

実際に訪れると、予想していた以上に気が重い。

最初に「どこでもいい」と投げ出した自分が悪いのだが、もっと積極的に反対しておけばよかった。

面白い土地ではないとマイナスポイントを挙げたにもかかわらず、ここに決められてしまったのは予想外だった。

……今となっては、後の祭りだけれど。

ふっと小さく息をついて、黄土色《おうどいろ》に日焼けした古い畳敷きの部屋を見回した。

記憶に残る、茅野の本家と似た造りの家屋だ。今時、この手の純日本建築とも言える建物は珍しい。ざらりとした手触りの土壁に指先を滑《すべ》らせたところで、頭上から宮原の声が落ちてきてビクッと指先を震わせた。

「茅野」

パッと顔を上げると、宮原が部屋に入りながら話しかけてくる。

「茅野さん……ややこしいな、誠也氏でいいか。誠也氏、帰ったぞ。広田たちが、今日の晩飯はレトルトでいいか？　って言ってたけど」

「あ……ああ、おれはなんでも食う」

「飯の後は、明日からのフィールドワークの詳しい打ち合わせだな。誠也氏に声をかけたら、役場にある古い資料を見せてくれるってさ」

静夏は、無言でうなずいた。

誠也と関わりを持つつもりなどなかったのに、避けることは難しそうだ。役場に保管されている郷土《きょうど》の資料を見せてもらえるのは、正直ありがたい。

ため息を堪え、うつむいて畳の目を見据えていると、視界の端にこちらへ伸びてくる指先が映った。

「相変わらず、秘密主義っつーか……ミステリアスだな」

「……触るな、バカ」

ちょい、と前髪に触れてきた宮原の指を払い除ける。

刺々《とげとげ》しく拒絶して睨《にら》みつけたにもかかわらず、宮原はなにを考えているのか窺い知れない微苦笑を滲ませていた。

失敗した。触れようが、無視してやればよかった。自分が反応するから、この男は面白がって構ってくるのだ。誰にでも態度が変わらず、社交的で……静夏のような面白みの乏《とぼ》しい人間にまで親しげに接してくれるのはありがたいと思うべきかもしれないけれど、時おり距離が近すぎて疎《うと》ましい。

キュッと眉根を寄せたところで、廊下の床板を踏む足音が近づいて来る。

「茅野くん、宮原くんと二人であっちの部屋を使ってもらっていい？」

顔を覗かせた広田に、廊下を挟んだ向かい側の部屋を指差しながら尋ねられた。

宮原から目を逸らした静夏は、着替え等の私物の詰まった大きなバッグを持って立ち上がる。

「うん。おれらは、どこでもいいから」

どの部屋でも、眠ることができればいい……と廊下に出て行きかけたところで宮原がからかい口調で言う。

「おまえら、あっちの部屋の壁にかかってる古い掛軸《かけじく》が怖いんだろ。ちょっと、妙な迫力があるもんな」

「うるさい、デリカシーがないな」

「おまえは可愛げがない。素直に言えばいいのに」

苦笑を滲ませた静夏は、広田と宮原のコミュニケーションを背中で聞きながら廊下を横断した。

この土地に足を踏み入れた瞬間から、わけもなくそわそわした気分になっている。胸の奥がざわつき、落ち着かない。

窓に歩み寄り、少し黄ばんだ障子《しょうじ》を開く。立てつけのよくないガラス窓に手をかけて、ギギッという軋《きし》んだ音と共になんとか半分ほど開けた。

肌を撫でる風は清涼感《せいりょうかん》からは程遠い生ぬるいものだが、都心とは比べ物にならないほど爽《さわ》やかだ。

夜の帳《とばり》が下りた窓の外には、特になにかがあるわけではない。普段は人が住んでいないせいか、庭に生えている木や一メートルを超える高さまで成長した雑草が、夜風に吹かれて揺れているのみだ。

「……？」

無言で庭を眺めていた静夏だったが、ふと、どこからともなく視線を感じた気がして草木の陰に視線をさ迷わせる。

……特になにもない、か？

猫か犬かイタチか……なにか、小動物がいたのかもしれない。

「茅野」

「っ、な……なに？」

背中に声をかけられて、ビクンと肩を震わせた。慌てて振り向いた静夏に向かって、宮原が言葉を続ける。

「鹿島が、風呂のボイラーって、どうやって点火したらいいかわかる？　ってさ。俺も初めて見るタイプで、自信がない」

「あ……あ、たぶんわかる。おれが点けるよ」

宮原に答えながら窓を閉める。

七月という蒸し暑い季節にもかかわらず、半そでシャツから伸びた腕には薄っすらと鳥《とり》肌《はだ》が立っていた。

《二》

「まずは、役場で資料を見せてもらってコピーを取って……あ、地元のお年寄りに昔からの伝承《でんしょう》を聞くのも重要かな」

朝食を終えると、居間のテーブルを囲んでのミーティングタイムだ。滞在期間は一週間を予定しているけれど、もたもたしていられない。

移動に一日目を使ってしまった上に、帰りも午前中に出発しなければならないことを考えれば、実質的なここでの活動期間は残り五日だ。

計画を語る広田の話を黙って聞いていた静夏だが、役場という言葉にひっそりと眉を寄せた。

役場に行けば……嫌でも誠也と顔を合わさなければならない。茅野本家の人間とは、できる限りかかわらないようにしたいというのが本音だ。

「あのさ」

遠慮がちな声だったけれど、普段は積極的に口を開かない静夏が発言したことで、広田はピタリと口を噤《つぐ》んだ。

宮原と鹿島の視線も集まってきて、居心地が悪い。そんなに注目してもらえるようなことを、言うつもりではないのだが……。

「言いかけて止めないでよ」

思わず口籠《くちご》もったところで広田に促されて、「ごめん」と言葉を続けた。

「全員で役場に行くんじゃなくて、手分けしない？　おれ、このあたりの史跡《しせき》とか石碑《せきひ》を見て回るから。デジカメで記録しておく」

「んー……そうね。役場の資料と実際の史跡や碑文《ひぶん》を照らし合わせて、夜にミーティングしようか」

静夏の言葉に広田がうなずいた直後、

「あ、俺っ、茅野と一緒に行く！　資料とかの紙っきれを眺めるより、自分の足を使うほうがいい！」

すかさず手を挙げたのは、宮原だった。

暑い中、屋外をうろうろと歩き回るよりも役場の中で資料を集めるほうがいいと思ったのか、広田と鹿島からの異論はない。

無言でアイコンタクトを取った広田と鹿島が、小さくうなずき合った。

「じゃあ、史跡とかは茅野くんと宮原くんにお願いする」

「オッケー。俺たちに任せておけ！」

なにがそんなに楽しいのか、宮原は朝とは思えないほどテンション高く「な？」と静夏の肩を叩いた。

ついて来るなと、宮原を突っぱねる理由は思いつかない。仕方なく首を上下させた静夏に、宮原は満足そうな笑みを浮かべる。

本当は、自分一人で行くつもりだったのだが……。

静夏は、「カメラとー、水筒とー、おやつは？」などと、遠足前の子供のように楽しげに持ち物を用意する宮原から目を逸らして、密やかにため息をついた。

□□□

山間部の小ぢんまりとした集落は、徒歩でも半日あれば回り切ることができる。事前に目星《めぼし》をつけていた史跡を目指して、田んぼ脇の畦道《あぜみち》をゆっくり歩いた。

大きなビルなどはなく、民家も田畑の合間にポツリポツリと点在《てんざい》しているのみだ。長閑《のどか》、というしかない雰囲気が珍しいのか、都会で生まれ育ったという宮原は落ち着きなく視線を巡らせている。

「なーんもないところだなぁ。若者はどこで遊んでるんだろ。そういや、茅野は前に来たことがあるんだよな？　どうやって時間を潰してたんだ？」

隣を歩く宮原に話しかけられる。静夏は狭い畦道を踏み外さないよう、足元に視線を落としたままポツポツと答える。

「三年前は、祖父の通夜と葬式のために来たって言っただろ。遊ぶ余裕なんてなかった。あとは、子供の頃に一回か二回くらいかな。母親が乗り気じゃなかったのもあって、片手の指でも余る回数しか来てない」

「それじゃあ、あんまり詳しくないよな。史跡は……っと、こっちか」

右手で持った地図に視線を落とした宮原は、山へ続く細い道へと入っていく。

舗装《ほそう》のされていない砂利道《じゃりみち》だが、車の轍《わだち》があるので人がまったく立ち入らないということはないのだろう。

ゆるやかな上り坂を歩くこと、五分ほど。車が四、五台停められそうな広場に出た。その広場の隅に、大きな石碑が立っている。

「あれかな」

宮原は石碑に目を留めて指差すと、大股《おおまた》で歩み寄る。

高さは二メートルほど、幅は五十センチといったところか。天然の石を使っているらしく、ゴツゴツとした歪《いびつ》な形だ。

宮原の背中を見送った静夏は、奇妙な耳鳴りに襲われて動きを止めた。

なんだろう。……空気が重い。

心なしか、気温が下がったような気もする。宮原は、なにも感じないのか？

宮原を窺っても、特に変わった様子はなく石碑を調べているようだった。

「えらい年代物だなぁ。野ざらしのせいで、ところどころ石が崩れて刻まれている字がかすれ……って、あれ？　茅野？」

石碑を見上げていた宮原は、話しかけようとしたところで傍に静夏の姿がないことに気づいたらしい。

途中で言葉を切り、キョロキョロ頭を左右に動かしてこちらを振り向いた。

「おーい、茅野。そこでなにやってんの？　早く来いよ！」

広場に一歩足を踏み入れた場所で立ち尽くしている静夏を呼びながら、ぶんぶんと右手を振る。

「あっ、ごめん。すぐ行く！」

足を止めてぼんやりとしていた静夏は、我に返って小走りで宮原に駆け寄った。

……木陰とはいえ三十度近い気温のはずなのに、半袖のシャツから伸びた腕に鳥肌が立っている。

「なんて書かれてんだろ。読み取れないなぁ」

石碑を見上げた宮原は、首を捻《ひね》ってつぶやく。同じように石碑に目を向けた静夏は、風雨にさらされて風化した文字をジッと見据えた。

辛《かろ》うじて判別できるのは、いくつかの単語のみだ。

「あ、あれ……鬼って字だよな。なぁ？」

同意を求められているのはわかるけれど、静夏は声を発することができなかった。喉の奥に、なにか……奇妙な塊《かたまり》が詰められているみたいだ。

息苦しいような緊張感が、全身を覆っている。空気が薄いのではないかと思うほど苦しくて、大きく肩を上下させた。

傍から見ても尋常ではない様子だったのか、宮原が声のトーンを落とす。

「茅野？　おまえ、すげー顔色してるけど……具合でも悪いのか？」

「……ん、少し」

本当は、少しどころではない。引っ切り無しに、悪寒《おかん》が背筋を這い上がっていた。目の前が歪《ゆが》み、足元がグラグラと揺れる錯覚《さっかく》に襲われる。自分がきちんと立っているのかどうかさえ、わからなくなる。

「ちょっと待て。写真だけ撮っておくから……戻ろう」

宮原は、肩から斜め掛けにしていたバッグを探ってデジタルカメラを取り出す。

石碑に刻まれた碑文を中心に、前後左右や土台となっている岩まで写すと、静夏の腕を掴んで踵《きびす》を返した。

「歩けないようなら、おんぶしてやろっか？」

「……いい」

答えた声は、自分でも「大丈夫じゃないな」と心中でつぶやくほど小さく、かすれたものだった。

宮原が「意地っ張りめ」と苦笑するのも、否定できない。

静夏は昔から、他人に触れられるのが苦手だ。普段なら、掴んできた宮原の手をさり気なく振り払うのに……今は、その余裕さえない。

広場から出る直前、背中に強烈な視線を感じたような気がして足を止める。

咄嗟《とっさ》に振り向いても、人影はなく……広場を囲む大木の枝葉が風に揺れているのみだ。

なんだ？　今、確実に誰かに見られていると思ったのに。

「おい、どうした茅野？　やっぱり、おんぶするか？」

宮原が怪訝《けげん》そうな声で尋ねてくる。我に返った静夏は捻っていた身体を戻して、首を左右に振った。

「いい。大丈夫。なんでもない」

体調がよくないせいで、神経が過敏になっているのかもしれない。

小さく嘆息《たんそく》した静夏は、「早く戻って横になったほうがいい」と眉を顰《ひそ》めた宮原に腕を引かれるまま、砂利道を戻った。

□□□

……夢だ。

いつもの夢だと、頭のどこかでわかっていながら押し潰されそうな不安と寂寥感《せきりょうかん》に全身を包まれる。

苦しい。苦しい。……淋《さび》しい。

「……っっ！」

なにか口走り、大きく身体を震わせながら目を開いた。視界に飛び込んできたのは、見慣れた自室の天井《てんじょう》ではない。

クッキリとした木目と濃い焦《こ》げ茶色が、相当な築年数を想像させる日本家屋だ。

「こ……こ」

ゆっくりと視線を巡らせ、見覚えのない土壁と障子に目を細める。そういえば、ゼミのフィールドワークに来ていたのだと現状を把握した直後、そっと襖《ふすま》が開いた。

「茅野。起きてる……か？」

廊下から、遠慮がちに顔を覗かせた宮原と目が合う。

部屋の隅に敷かれた布団に横たわっていた静夏は、目をしばたたかせて軽く右手を上げて応えた。

眠りから覚める直前に零した言葉を、宮原に聞かれなかっただろうか。

静夏の反応に、安心したように微笑を浮かべた宮原が室内に入ってくる。布団の脇で立ち止まると、そこに膝をつき、ゆっくりと上半身を起こした静夏の顔を覗き込んできた。

「具合、どうだ？」

「もう大丈夫。……迷惑かけて、ごめん」

「迷惑じゃなくて、心配だろ。具合がよくなったならいい。晩飯、食えそう？」

いつもと変わらない態度だ。

よかった。どうやら、静夏自身もなにを口走ったか定かではない奇妙な寝言は、聞かれなかったらしい。

「うん」

静夏は、手探りで枕元に置いてあったスマートフォンを掴んだ。画面の時間を確認して、ゆるく眉を寄せる。

眩暈《めまい》に襲われて探索を切り上げて戻り、宮原に促されるまま布団に横たわったのは昼前だった。

やけに室内が暗いと思ったら、六時間近くも経っている。もう夕方だ。

「こんなに寝てたのか」

「とりあえず、飯を食ってミーティングだ。役場のほうに行ってた広田たちが資料をコピーしてきてるからさ。昼間の石碑の碑文と資料を突き合わせて、明日からの行動計画を立てようってことになった」

「ん、わかった。おれが寝てたあいだに、色々させた……んだよな。悪い」

うつむき加減でポツポツと謝った静夏の頭に、ポンと手が置かれる。グシャグシャと掻き乱されて、顔を顰《しか》めた。

いつもなら触れるなと逃げる静夏が、今なら許すと思ったのかもしれないが……。

「調子に乗るな、バカ」

黙っていたら、遠慮なく触り倒されそうだ。

「ははは、悪態《あくたい》をつける元気が戻ったならなにより。真っ青だった顔色も、ずっとよくなった」

宮原は、睨みつけた静夏に気分を害することなく笑い、スッと手を引く。畳についていた膝を伸ばして立ち上がると、自然な仕草で右手を差し出してきた。

「引っ張り上げてやろっか」

「いい」

ふいっと顔を背けて布団から出ると、自力で立つ。視界の隅に映る宮原は、薄い笑みを消すことなく静夏を見ていた。

……本当に物好きなヤツだ。

気遣いを踏みにじるような態度だと自分でも思うのに、懲《こ》りることなく絡んでくる。何を考えているのか、「キレーな顔だな。メチャクチャ好み。女なら、迷わず口説《くど》き倒すのに」と口走り、静夏に蹴られてもヘラヘラしていた初対面の時から、変わらない。

友人の多い宮原が強引に絡むおかげで、社交的ではない静夏が孤立しないのだとはわかっているが。

複雑な思いを抱える静夏をよそに、宮原はいつも通りに話しかけてくる。

「広田たち、誠也氏にも話を聞いたらしいんだけど、地域の伝承については年寄りのほうが詳しいかも……ってさ」

「まぁ、そうだろうな」

乱れていたシャツとボトムスの皺を伸ばした静夏は、無愛想に相づちを打つと、宮原に続いて廊下に出た。

キシキシ音を立てる床板を踏みしめながら、昼間目にした石碑に刻まれていた『鬼』の一文字を思い浮かべる。

地域の伝承。

このあたり一帯に残っている『鬼伝説』。

それを検証してレポートに纏《まと》めることが、今回の自分たちの目的なのだ。

文献に記されているものだけでなく口伝えのものも多いはずなので、年寄りのほうが色々と知っているだろう。

「ただなぁ……余所《よそ》から来た人間に語るのは渋られるかもな、って注釈つきだ。やっぱ、田舎の年寄りは余所もんを警戒するんかな」

一歩前を歩く宮原の言葉に視線を落とした。静夏も、父親が出身者というだけで余所者と変わらない。静夏の返事がなくてもいつも通りと捉えているのか、歩くスピードを変えることなく、マイペースで付け足す。

静夏の口数が多くないのは、今に始まったことではない。

そう知っている宮原は、振り返りもせずのん気な調子で「腹減った」とボヤキながら、台所へと入って行った。

《三》

「言い伝えが彫られた石碑が、それだろ。で、資料によればこの石碑の近くに、洞窟《どうくつ》があるはずなんだけど……」

大きな石碑を背にした宮原は、広田たちが役場でコピーさせてもらったという資料を手に、広場を見回す。

静夏は、今日も鳥肌の立っている腕をひっそりと擦った。

昨日と同じように、空気が冷たく感じる。ただ今日は、立っていられないほど気分が悪くなるということはなさそうで、小さく息をついた。

「はずって、昨日来た時に見て回らなかったの？」

使えないなぁとでも続けたそうな広田の言葉に、宮原が笑って答えた。

「ああ……石碑の写真だけ撮って、帰ったからさ。ここに来る途中で迷ったせいもあって、腹が減ってたんだ。悪ぃ」

「あー……もう、宮原くんらしい」

石碑の写真だけを撮って戻ることになったのは、静夏が体調を崩したことが原因だ。でも宮原は、静夏に責任があったと受け取られないように気を遣ってくれる。

宮原ではなく自分のせいだと口を開きかけた静夏に、「いいから黙ってろ」と目配せをしてきた。

「洞窟、ってことは山側だろうな。あっちが怪しいぞ」

独りごちた宮原は、右手に持った紙を握り締めて広場の奥へと歩を進める。生い茂った木々のせいで石碑のあたりからはハッキリ見えなかったけれど、更に山へと続く小道が伸びている。

「あっ、あれか？」

足を止めた宮原が指差した先には、黒々とした洞穴が口を開けていた。

幅は四、五メートル。高さは三メートルほどだろうか。観光地で目にするようなものとは違い、人の手が全然加えられていないらしい。苔《こけ》が生え、武骨《ぶこつ》な岩肌が露出《ろしゅつ》している。

静夏たち四人の足を止めさせたのは、『立ち入り禁止』の看板ではなく……入口部分を横断する大きなロープの存在だった。

「これってさぁ、しめ縄……だよな」

腰あたりの高さにある太い縄を見下ろした宮原が、ポツリと口にする。

腕の太さほどもある編み込まれた縄は、確かに、ロープというよりしめ縄と呼んだ方がしっくりする。

「なーんか、不用意に触ったら祟《たた》られそう……っつか、呪《のろ》われそう」

宮原の言葉は茶化《ちゃか》した調子だったけれど、誰も笑わなかった。いや、笑えなかった。神社や仏閣《ぶっかく》でしかお目にかかれないであろう重厚な雰囲気のしめ縄の存在感に加え、墨を流したように真っ黒な洞窟の奥から吹き出てきた風が、奇妙に冷たかったことも要因だろう。

つい先ほどまで、うるさいほど鳴いていたセミの声も何故か今は聞こえない。

シン……とした静かな空気に、いつもは朗らかな宮原の顔からも笑みが消える。

「な、なんだよおまえら。神妙な顔」

「そこでなにをしている?」

「ッ!」

不意に響いた低い男の声に、宮原だけでなくそこにいる全員が、全身を硬直させる。

冗談でなく、心臓が止まるかと思った!

人間というものは、本当に驚くと悲鳴一つ出ないのだと我が身で知る。

ジャリ……と砂混じりの土を踏む音に続いて、低い声の主らしき人影が洞窟の奥からこちらに向かってくる。

なに?　誰だ?

心臓が激しく脈打ち、緊張のあまり一言も声が出ない。

数秒後。息を詰めて注目する静夏たち四人の前に、長身の男が姿を現した。

普通の人……だ。

洞窟の天井に頭が届きそうな長身のせいか、なんとも形容し難い迫力が漂っているけれど、特段変わったところのない青年だった。

ほう……と息をついたのは、四人同時だったかもしれない。

「見ての通り、ここは立ち入り禁止だ」

険しい表情の男は、洞窟の脇にある『立ち入り禁止』と赤い文字で記された看板を指差して口にした。

「……っ、でも、あなたはそこから出てきて……っ」

さすがというべきか、一番に立ち直ったのは肝の据わった宮原だった。

自分たちを咎める男に、そういう自身は立ち入っていたではないかと、洞窟を指差しながら言い返す。

「俺は、ここの管理人だ。昨日もこのあたりに来たか？　若いのがうろついていたと耳にして、洞窟に入っていないか確かめに来たんだ」

長身の男は、宮原の言葉に淡々と答える。

洞窟から出てきた時は驚愕《きょうがく》が勝っていて顔の造りに意識を向ける余裕などなかったのだが、木漏《こも》れ日《び》の下で正面から目にした男の容貌《ようぼう》は、学内で『イケメン』だなどと女子学生から持《も》て囃《はや》されている宮原が霞んでしまうほど端整なものだった。

立

洞窟の闇に溶け込んでしまいそうなほど黒々とした髪は、全体的に長めで整えられているとは言い難いが不思議と不潔感は皆無《かいむ》だ。前髪が目元にかかっていても、少し古風な切れ長の目とスッキリ通った鼻筋は見て取れる。

何歳くらいだろう。二十五歳の誠也より、少し上といったところか？

恐ろしいほどの美貌に加え、静夏がいる位置からは二メートルの距離があるけれど、百七十センチちょうどの自分より十五センチ……下手したら二十センチ近く上背《うわぜい》があるのではないだろうか。

身に着けているのは、白いシャツとオリーブグリーンのワークパンツというシンプル極まりないものだが、変に飾り立てるよりも男が有する魅力を際立たせている。

他人に興味が薄く、芸能人とすれ違っても気づかない自信のある静夏でさえ、「モデルのようだ」と感じるのだ。

広田と鹿島の女子二人が言葉を失っている理由は、予想外のところから人が出てきたという驚愕のみが理由ではないだろう。

どうしてだろう。この男から、目を離すことが……できない。

静夏は身体の脇でグッと両手を握り締め、ただひたすら男の姿を凝視する。

自分たちを見回した男と視線が合うかと身構えたのに、静夏と視線が絡む直前にスッと目を逸らされた。

「全員、見ない顔だな。ここに近づくことといい……余所者か。土地の人間から、洞窟には近寄るなと言われなかったか？」

険しい表情と声でそう言った男は、静夏たちを威嚇《いかく》するように長い腕を組む。

洞窟に近寄るな？

ここに洞窟があることさえ知らなかった静夏は、役場に行っていた広田と鹿島を見遣った。

「…………」

気まずそうな表情で視線を交わしている二人の様子で、聞かずとも答えを悟った。

役場で対応してくれたという誠也から、予《あらかじ》め注意されていたに違いない。それにもかかわらず、静夏や宮原をここに誘導したのか。

「あの、私たち、大学の研究のためにここに来ているんです。近づくなと言われても、役場で資料を見ただけじゃここまで来た意味がないし」

もともと気が強く、初対面の相手にでも臆することのない広田が、厳しい雰囲気を崩さない男に言い返した。

「近寄るな、って……そんなに危険なんですか？」

岩肌を見上げた宮原が、小声で「どうってことのない、小ぢんまりとした洞窟っぽいけどなぁ」と続ける。

たしかに入り口を見る限りでは、危険だと脅《おど》される要素はなさそうなのだが。

「入り口からはたいしたことなく見えるだろうが、奥が深いんだ。途中でいくつも分岐《ぶんき》がある上に、地下水が溜まっている場所もある。光源も一切ないから真っ暗闇だ。奥に入って迷えば、出て来られなくなる」

緊張感のない自分たちに、男は理由を語る。

静夏は、それは確かに危険だから近づくなと言われて当然だろうと納得したのだが、宮原は「でも」と反論する。

「入口からロープを張っていくし、きちんとライトも持ってます。ロープの長さが足りなくなった時点で戻りますから」

そう言いながら、フィールドワークの必需品を収めたリュックサックを指差した。

これまでも、人が足を踏み入れないような場所を探索した経験がある。無謀《むぼう》なことはしないつもりだと、説得したけれど。

「……ダメだ。許可できない」

男は、表情を緩ませることもなく首を横に振る。

決して友好的とは言い難い態度だ。

もともと人見知りする自分が、もっとも苦手とするタイプの人間なのに……どうして、これほど気になる？　目を逸らせない。

「あ、じゃあちょっとだけ話を聞かせてもらっていいですか？　管理人さんでしたら、洞窟のことにも詳しいですよねっ？　そこの広場にある石碑にも書かれてましたけど、この集落には鬼伝説があるって聞いて……」

引き下がることのない広田から、単位がかかっているのだ、簡単に諦めるものか、という気迫が滲み出ている。

男の眉間に刻まれた皺がますます深くなる。

広田だけに任せてはいけないと思ったらしく、宮原も交渉に参加する。

「本当は、洞窟の案内をしてくれたらありがたいんですが……どうしてもそれがダメなら、話だけでもっ」

傍で様子を見ていた鹿島も、「お願いします」と男に頭を下げる。静夏だけが加勢《かせい》するでもなく、少し離れたところでぼんやりと突っ立っていた。

長い沈黙が続く。

それを破るようにバサバサと大きな鳥の羽音が頭上を横切ったところで、男が根負《こんま》けしたらしく大きく息をついた。

「俺が話をすれば、勝手に洞窟内に入らないと約束するか？」

「もちろんです」

パッと表情を輝かせてうなずいた広田に、彼はもう一度大きなため息を零して仕方なさそうにうなずいた。

□□□

「結局、役場にあった資料と変わらないことしか聞けなかったなぁ。鬼に関する伝説と、それに纏《まつ》わる……かもしれない、神隠しの民話」

古民家に戻り、聞いた話を纏めようと四人で居間のテーブルを囲む。モバイルパソコンのキーボードを叩いていた広田が、そう口にして唇を尖《とが》らせた。

男は、興味津々《きょうみしんしん》で「近くにお住まいですか？」とか「お年は？」とか、個人情報を聞き出そうとする広田をサラリとかわして、神藤颯天《しんどうはやて》とだけ名乗った。

口数が多い方ではないらしく、質問されたこと……それも、必要最低限のみ話すというスタンスだ。

洞窟脇での、一時間半ほどの立ち話で聞くことができたのは、広田たちが役場でコピーしてきたものとさほど変わらない内容だった。

この地域に古くから言い伝えられている『鬼』の伝承は、起源が定かではない。

『その昔、山に住む鬼の一族がいた。たびたび人間の住む集落に下りてきては、田畑を荒らして家畜を奪い、傍若無人《ぼうじゃくぶじん》に振る舞った。村人たちは年に一度、集落の若い女を生贄《いけにえ》として差し出すことで暴れる鬼たちを鎮めていた。どうにか征伐《せいばつ》できないかと頭を悩ませていたけれど、鬼たちは凶暴で人間の力では敵わない。頭を抱える村人たちを救ったのは、旅の途中に立ち寄った一人の若者だった。彼は魔を滅する力があるという妖刀《ようとう》を携《たずさ》えており、たった一人で鬼の郷へ出向くと鬼の頭領を討ち取った。感謝した村人たちは再び旅に出るという彼を土地へ留まるよう説得し、彼に村一番の器量の娘を嫁がせた。その勇気と巧みな剣の腕を持つ若者は、「茅野」といい現在も直系の子孫が妖刀を守り続けている』

　リズムよく、キーボードを叩いていた手の動きを止めた広田が、顔を上げて静夏と目を合わせる。

「茅野、か。もしかして、なにか関係ある？　この土地出身なんだよね？　本当にこの話、知らなかったの？」

　誤魔化すな……と、広田の目が語っている。

　静夏は、首を横に振って広田の問いを否定した。

「知らないって。もし知ってたら、ここに来る前に話してるよ。誠也さんは、確か茅野の直系だから、なにか知ってるかもしれないけど」

　この集落には、分家を含めて『茅野』がいくつかある。本家は伯父が継いでおり、その跡取りは誠也のはずだ。

この土地で生まれ育った誠也なら、静夏が知らないことでも把握しているだろう。

「じゃあ、この鬼を討ったっていう『妖刀』は、伝説が本当なら今も誠也さんの家にあるのかな……って、それも知らない？　見かけたこともないの？」

「うん」

鬼の伝説さえ、祖父母が生きていた頃に耳にした程度なのだ。この土地出身の父親から聞かされたこともなければ、『妖刀』など存在さえ知らなかった。

茅野の本家が、この集落一番の名家だとは薄々察していたが……。

「この伝説関係は、神藤さんに聞くより、誠也氏に聞いた方がよさそうだな。仕事中は迷惑だろうから、土曜にでも時間を取ってもらおう」

トントンとテーブルに打ちつけて資料をまとめた宮原の言葉に、広田たちがうなずく。

神藤と名乗った青年の、あからさまなほど非友好的な態度を思い出したのだろう。

広田は苦笑を浮かべて「あーあ、すっごいイケメンだったのに色んな意味で残念」とつぶやいた。

取りつく島もない、とは正にあの事だ。

「茅野」

「……っ、なに？」

神藤の姿を思い浮かべていた静夏は、隣から宮原に呼ばれてビクッと肩を震わせる。

顔を向けると、いつになく真剣な目でこちらを見ていた。一度口を開きかけて、キュッと引き結び……心配そうに尋ねてきた。

「体調は大丈夫か？　普段以上にぼんやりしてるけど」

本当は、違うことを話したかったのではないだろうか。そう感じたけれど、あえて追及することなく聞かれたことにのみ答えた。

「大丈夫。ごめん、あんまり役に立たなくて」

「ま、知らないことは仕方ないだろ。な？」

同意を求められた広田たちは、不承不承《ふしょうぶしょう》といった様子で曖昧にうなずく。さすがに、面と向かって「使えないヤツ」とは言えない、といったところか。

グループ内の空気を悪くしているのが自分だとわかっていながら、宮原のように振る舞えない。

静夏は、せめて彼らの邪魔《じゃま》をしないように……とだけ肝に銘《めい》じて視線をテーブルに落とした。

□□□

「嫌だ。ここに……傍にいる」

「ダメだ。おまえの身が危ない」

彼の言いたいことは、わかる。自分のために、『アチラ』に帰そうとしてくれているのだ、とも。

けれど、そんなこと静夏は望んでいない。

どうして、離れなければならないのだろう。

好きだ……と言った。好きだと、同じ想いなのだと応えてくれた。

自分たちが、同じ……では、ないから？

そんなもの、どうでもいい。ただ、一緒にいたいだけだ。

「……てっ！」

なにかを口にした直後、ビクッと大きく身体を震わせた。

勢いよく身体を起こした静夏は、ジットリと湿ったＴシャツの胸元を握り締めて深呼吸を繰り返す。

「っ、はぁ……はっ」

心臓が猛スピードで脈打っているのがわかった。胸元だけでなく、うなじも冷たい汗で濡れている。

夢だ。いつもの、夢。

でも……今夜の夢は、『いつもの夢』ではなかった。

「ん……茅野？　どうかしたのか？」

やはり寝言を口走ったのか、同じ部屋で眠る宮原を起こしてしまったようだ。眠りの色を濃く纏った声で宮原に呼び掛けられ、慌てて首を振った。

「悪い、起こしたか？　ちょっと、変な夢を見ただけだ。気にせず寝ててくれ」

「んー……それなら、いい……けど」

完全に覚醒していなかったのか、すぐに宮原の寝息が聞こえてきて、ホッとして天井を仰いだ。

二度寝は、できそうにない。あの、夢……同じもののようでいて、決定的な今までとの違いがあった。

最後に、叫んだ名前は……『颯天』ではなかったか？

ゆっくりと息を吐いた静夏は、物音を立てないよう息を殺して布団から出た。静かに襖を開けると、足音を殺して廊下を進み、シューズを引っかけて玄関扉を開く。

見上げた夜空には雲一つない。満月の光が、やけに眩しく感じた。

ビルから突き出た看板のネオンや街灯、コンビニエンスストアの照明、一晩中途切れることなく行き交う車。

様々な光が溢れる都会とは、同じ日本なのに別の世界みたいだ。

人工的な明かりがほぼないだけでなく、静まり返っている。草陰からは、リンリンと虫の鳴き声が聞こえてきた。

昼間は暑いけれど、夜風は涼しい。Tシャツと薄手のスウェットパンツでは肌寒いくらいだ。

清涼な空気の中、しばらく古民家の玄関先に佇《たたず》んでいたけれど、

「……え？」

不意に、誰かに呼ばれたような奇妙な感覚に背を押され……ふらりと足を踏み出した。

どこへ行こうとしているのか、自分でもわからない。

けれど、誰かが待っている……と、そんな不可解な焦燥感に急かされて、仄《ほの》かな月光だけが照らす小道をゆっくりと歩き続けた。


「ここ……は」

頭上から満月が照らしているとはいえ、明かりのない夜の小道を歩き続け……気がつけば、昼間に訪れた洞窟の前に立っていた。

静夏は、どうして自分が引き寄せられるかのようにここに来たのかわからない。

洞窟を覗いても、漆黒の闇が続くのみだ。それなのに、不思議なくらい恐怖や気味の悪

さを感じなかった。

この洞窟の前で、神藤に声をかけられたのだ。

彼と逢った、それは……いつだった？　本当に昨日のことか？

どこかぼんやりとした記憶を必死で手繰り寄せていると、ジャリッと砂を踏むかすかな音が耳に飛び込んできた。

「……おい」

「ッ！」

振り向くより早く背後から声をかけられて、ビクッと身体を強張《こわば》らせる。夜、こんなところに自分以外の人間がいると思わなかった。

心臓が、ドクドクと猛スピードで脈打っている。

「あ……」

恐る恐る振り向いた静夏の目に映ったのは、昼間の青年……神藤の姿だった。身に着けているものが濃紺の作務衣《さむえ》のせいか、夜の闇に溶け込んでいる。

驚いたのは事実だが、ここで声をかけてくるのならこの青年だろうと……頭のどこかで、予想していた。

こうして彼がやって来るのを期待して、待っていたような気さえする。

神藤は、レトロなランタン型のランプを手に持ち、無表情で静夏を見ている。

「ここで、なにをしている？」

「あの、あ……」

しどろもどろに答えようとした静夏は、ふと違和感に気づいて言葉を切った。

神藤の右手にはランプ。頭上には、眩いほどの輝きを放つ満月。

足元には、静夏と神藤、二人分の影が伸びている。

けれど、あれは……なんだ？

ジッと地面を見詰める静夏を不審に思ったのか、神藤が怪訝そうに視線を落とす。

「っ！」

息を呑む気配と同時にランタンが大きく揺れ、神藤の動揺を物語っていた。

やはり、アレは静夏の目の錯覚ではないのだ。間違いなく神藤にも、同じものが見えている。

長く伸びる影、神藤の頭上には……スッと突き出た二本の角？　があるみたいだ。

顔を上げて目の前にいる神藤を見上げても、当然、角のような突起《とっき》はどこにも見当たらない。

影が重なって錯覚を起こすような木の枝も神藤の傍にはなく、やはりアレは『角』としか思えない。

「神藤さん……それ」

「妙な影だな。なにかが重なって、上手く錯覚を……」

「違う」

神藤が言いかけた言葉を、短く遮った。神藤が驚いた顔をしたけれど、一番驚いているのは静夏自身だ。

昼間に顔を合わせた時にも感じたことだが、神藤とは、不思議と初対面だという感じがしなかった。

広田たちは「話しかけても反応が鈍いし、とっつきにくい」と苦笑していたけれど、静夏はそんなふうに感じず、神藤の纏う落ち着いた空気が心地よかった。

どうして、この人には胸が苦しくなるほどの懐かしさにも似た、親しみを覚えるのか
……考えても答えは出ない。

心のどこかに引っかかり、その不思議な感覚の正体を探ろうと見詰める静夏をよそに、神藤は不自然なくらい目を合わせようとしなかった。

それは……神藤が、静夏の抱いた奇妙な感覚の理由を知っているからではないか？

「おれ、神藤さんのこと……知ってる、よね」

静夏が一歩足を踏み出すと、神藤は大きく肩を震わせる。

まるで、なにか怖いものが近づいてくるかのように、頬を強張らせて静夏を見ている。

もう一歩、距離を詰め……そろりと手を伸ばした。こめかみの少し上、ちょうど足元の

影の『角』と同じ部分に指先を触れさせる。

指の腹でゆっくりと探り……髪の生え際部分に、頭皮を押し上げるようなわずかに隆起したモノの存在を感じた。

「角、だ」

「バカな。気のせいだ」

「颯天っ！」

踵を返そうとした神藤に向かって、咄嗟に名前を呼ぶ。音にして初めて、その名前に馴染みがあることに気がついた。

何度も、何度も……繰り返し呼んでいたかのように、自然と口から出ていた。

「なん……で？」

震える手で口元を覆い、ぼんやりとした記憶を必死で探る。

馴染みのある名前は、いつ、どこで呼んだ？　ついさっき、夢を見て飛び起きた時に喉から搾り出したものと、同じではないのか？

わからない。わからないのに……颯天という名前は、確かに『知っている』のだ。

ズキズキと頭が痛い。

記憶の空白部分を覆う白い靄が薄くなり、どうにか晴れそうで……手を伸ばして引っ掻き回しても、あと少しのところで隠れているものが見つけられない。

「気持ち、わる……」

悪寒と眩暈に似た気分の悪さに、足元がふらつく。地面にあった大き目の石を踏んでしまい、ぐらりと大きく身体が傾いだ。

しまった、転ぶ！

そう衝撃を覚悟した直後、大きな手に力強く肩を掴まれる。

「……静夏っ」

静夏、と。慣れたように自然な響きで、そう呼びかけてくる彼の声も……知っている？

この、肩を掴む大きな手に触れられるのが初めてではないと……どうして、そう思えるのだろう。

「颯天、おれ……夢を見ていた。でも、あれは……夢じゃないよな？」

顔を上げて、混乱のまま訴える。自分でもなにを言っているのかよくわからないのだから、神藤はもっと理解不能だろう。

それでも、もう少しで届きそうな空白の記憶を諦めきれなくて、懸命《けんめい》に神藤を見上げた。

直後、強い風が吹き抜けて、目元を隠す神藤の前髪を掻き上げる。

神藤と視線を絡ませることに成功した静夏は、無言で目を見開いた。

至近距離で顔を突き合わせているから、わかる。

右目は、漆黒。左目は、深い紺色。左右の瞳の色が違っていて……。

「綺麗《きれい》だ」

頭に浮かんだ言葉を、ぽつりと口にした。それ以外に、どう表現すればいいのかわからない。

ただひたすら、綺麗で……目を逸らせない。

目の前の神藤が、左右に揺れている。足元がぐらぐら震動しているみたいで、視界がぐにゃりと歪む。

「気持ち……悪い」

両手で神藤の作務衣の袖口に縋り、眩暈のせいで立っていられなくなりそうだと訴える。今も、神藤が肩を掴んで支えてくれているおかげで、かろうじて体勢を保っていられるのだ。

「……休む場所……といっても」

ぶっきらぼうにしゃべり、笑顔を見せず……話しかけることさえ拒絶しているようで、根は優しい。

そのことを、静夏は……知っている。

スイッチが切れるように、ふっと目の前が黒一色になり、意識を手放す直前。

「おい、静夏……っ」

耳に飛び込んできた声は、心臓をギュッと握り締められるかのように懐かしく、愛しい響きで。

ようやく見えた記憶の端に、必死で手を伸ばして……。

「捕まえ……た」

《四》

「徒歩圏内にコンビニが一軒もない……って、現代日本にも、まだそんなところがあるんだなぁ」

茜色に染まった空を見上げて、小さく息をつく。

仰向けていた首を戻すと、目の前にはなにも……いや、見渡す限り田んぼと畑が広がっていた。張り巡らされた畦道と水路、青々とした稲が茂る田んぼのあいだに、ポツポツと民家が建っている。

一言で言えば、長閑だ。そして、退屈《たいくつ》だ。

「やっぱりなにか理由をつけて、家に残ればよかった」

高校生の静夏が、三日も自宅に一人でいるということに母親が難色を示したことで、有無を言わさずほとんどなじみのない田舎に連れてこられてしまった。高校が夏休みに入っていることも、家に残ると言い張れなかった理由の一つだ。

父方の祖父が亡くなった、という連絡を受けたのは昨日の夜だった。今日が通夜で、明日が葬式で……葬式の後では電車が途中でなくなるからと、その翌日の朝にここを離れる予定だ。

今日を入れて、二泊三日……少なくともあと二日は、ここに足止めされることになる。

父親の故郷だと聞いてはいるが、その父親自身も久々の帰省《きせい》らしい。家に入るなり、兄や姉に「久しぶりじゃないか」と囲まれていた。

父親が中学を卒業した当時はここから通学できる距離に高校がなく、少し離れた土地に下宿して高校に通い……東京の大学に進学して、そのまま就職したことで、実家との縁は薄いと聞いた。

六人兄弟の末っ子ということもあってか、父親本人曰《いわ》く、

「俺はいてもいなくても、どうでもいいんじゃないか。高校入学時から、金は出せないが自力で進学するのなら好きにしたらいいと言われていた」

……らしい。

母親との結婚の際も、両親のみ東京に呼んで挙式披露宴をしたそうなので、もともと親戚との付き合いもさほど密ではないのだろう。

静夏がここを訪れたのは、小学生の時に一度か二度……ほとんど印象に残っていない。従兄弟や遠縁の子たちがいると聞かされても、そちらもほぼ記憶にないのだから初対面の他人に等しい。

「それでも、さすがに葬式は無視できないよなぁ」

都会で生まれ育った母親は、父親の実家をあまり好ましく思っていないようだ。

ただ静夏から見れば祖父、母親にとっては義父の通夜と葬式ということで、渋々と重い腰を上げたらしい。結婚の挨拶に訪れた際に、親戚一同から受けた『余所者扱い』を根に持っている……と、父親がコッソリ教えてくれた。

「母さんが嫌がるのも、わかんなくはないな」

盆や正月といった、年中行事の際に頻繁《ひんぱん》に顔を合わせているという自分以外の従兄弟たちは、親密そうで……ますますつまらない。

自分がこうなのだから、母親は、静夏が感じる以上の疎外感に耐えているに違いない。

散歩をしてくる、と出てきたのはいいが……文字通りの散歩以外にやることがなくて、愕然とする。

「子供の頃は、冒険とかって……山に入って遊んだっけ」

おぼろげな記憶を辿り、田んぼの畦道を進む。

これほど身近に山があるという環境は、都会育ちの静夏には物珍しくて好奇心を刺激された。

「どこだったか……近づくなと言われていた場所に他の子たちと行って、怒られた記憶があるな」

小学生の頃の記憶だ。どれが実際にあったことで、どこまでが後付けの創作なのかハッキリしない。ただ、大人たちから「そこには行くなと言っただろう」と厳しく叱責《しっせき》されたことは、強烈に残っている。

「鬼に攫《さら》われて、カミカクシに遭うぞ……って言われたせいだな。意味もわからないのに、めちゃくちゃ怖かった」

大人……特に年寄りたちが口にした、「カミカクシ」という言葉のせいだろう。最近になって、忽然《こつぜん》と姿を消して行方不明になることを古くは『神隠し』と呼ぶのだと知ったけれど、意味を知らなかった頃の怖いという印象ばかりが焼きついている。

「脅し文句なんだろうけど、言葉の響きっていうか……年寄りの、やけに真剣な顔が怖かったんだよなぁ」

山へ続く小道を見つけて、足を踏み入れる。冒険というほどのことではないが、未知の土地を一人でうろつくだけでワクワクした。

足元の草を踏みしめて、小道を上る。一応通り道らしきものが存在するけれど、膝のあたりまで草が伸びているということは、あまり通る人がいないのだろう。

「……広場に出たような気がするんだけど」

記憶が正しければ、拓けた場所に続いていた。そこで、小学生だった自分たちはボール遊びをしていたのだ。

でも、その記憶が正しいかどうか自信がなくなってきた。

「墓地とかじゃないだろうな」

うっかり墓地に出てしまったら……と考えただけで、腕に鳥肌が立った。引き返すかどうか悩んでいるうちに、小道の終点に辿り着く。

「……やっぱり広場だ」

ホッとして、小道の脇に茂る木の枝をくぐり、広場に立った。

遊具があるわけでもなく、本当にただの広場だ。

なんのために、山の中にこんなスペースを？　と視線を巡らせて……広場の隅に石碑らしきものを見つけた。

夕方が近づいているが、空はまだ明るい。迷いは一瞬で、その石碑に向かって足を踏み出した。

「なんの碑だろ」

天然の岩を切り出しているらしく、随分と大きな石碑だ。碑文が刻まれているようだが、薄くなっていてよくわからない。

「ここに来たからって、特に怒られる要素はなさそうだよなぁ。別の記憶とごちゃ混ぜになってるのかな」

子供が遊ぶのに、問題がある場所ではなさそうだ。むしろ、ボール遊びには最適ではないだろうか。

グルリと石碑の周りを一周して……更に、山へと続く小道の存在に気がついた。

好奇心に背中を押されるまま、静夏はその小道に足を踏み入れる。

「……洞窟？」

小道の行き止まりにあるのは、山肌にぽっかりと口を開けた洞窟だった。

しめ縄が張られている入り口から恐る恐る覗いてみても、中は真っ暗でよくわからない。手を翳《かざ》し、ひんやりとした空気が流れだしてきていることを確認した。

「結構深いのかな。この洞窟のせいで、遊ぶなって言われたのかも？」

子供が洞窟に入らないように、広場に近づくなと言い含められていたのかもしれない。子供の好奇心や冒険心を刺激するには、もってこいの場所だろう。事実、今の静夏も大いに興味を抱いている。

鬼だとか神隠しだとか、年寄りらしい脅し文句だ。

「ライトかなにかなければ、無理っぽいな。スマホをライト代わりにしてもいいけど、途中で充電が切れたら、怖いし。明日、なにか明かりを持ってこよう」

視界を確保するものを持って、少しだけ冒険してみよう。退屈だとばかり思っていたけれど、絶好の退屈凌《しの》ぎを見つけた。

洞窟に背を向け、一歩、二歩……ふと空気が動いたような気がして、振り返る。

そこにはただ、黒々とした、洞窟の入り口があるだけだ。他に、特段の変化がないことを確認すると、日が暮れかけた山道を急ぎ足で下った。

□□□

「あれ、静夏。どこ行くんだ？」

玄関先で靴を履いていると、背後から名前を呼ばれてギクリとした。

ゆったりとしたカーゴパンツの、ポケットの中のものが落ちないようにさり気なく押さえる。

不自然さを感じ取られないよう、床でトンとシューズの爪先を打って振り返った。

「……散歩」

廊下に立って自分を見下ろしているのは、親戚……確か又従兄弟の、誠也だ。大学生だったと思うが、他の従兄弟たちよりも面倒見がいいらしく、孤立しがちな静夏に頻繁に話しかけてくる。

彼は、散歩だと答えた静夏が、慣れない親戚たちの中で息苦しさを感じていることに気づいているのだろう。数秒の間があり、「気をつけて」とうなずく。

「もうすぐ寿司が来るぞ。早く帰ってこないと、かっぱ巻とお新香巻《しんこまき》とたまごしか残ってないっていう、悲惨《ひさん》なことになる」

「大丈夫。かっぱ巻、好物だし」

自分でも、可愛げがない言い方だなと思いながらそう答えた静夏に苦笑すると、手を振って「山には入るなよ」と続けた。

これからどこに向かおうとしているのか、見透かされているような気分になり、一拍返事が遅れた静夏に彼は険しい顔で言う……。

「マムシが出るぞ。あと、猪も。都会育ちの静夏には、どっちも怖いだろ」

「別に、そんなの怖くないけど……気をつけるよ」

軟弱な都会育ちだと、侮《あなど》られているわけではないと思う。誠也の言葉には悪意がない。でも、マムシや猪を怖がっていると思われるのはなんとなく悔しくて、精いっぱいの虚《きょ》勢《せい》を張って玄関を出た。

扉を閉め、シューズに視線を落として考える。

……マムシって、蛇《へび》だよな？

「怖ぇ……」

独りきりなのをいいことに、ポツリと零す。

蛇は、写真や映像で見たことはあっても現物に遭遇《そうぐう》したことは一度もない。動物園などでも、蛇の展示スペースは避けて通った。

猪は哺乳類《ほにゅうるい》なのでまだしも、脚がなくてぬるりとした蛇など想像するだけで気味が悪い。しかも、確かマムシは毒蛇だ。

「うぅ……バッタリ遭遇しませんように」

小さく祈った静夏には、計画を中止するという選択肢は不思議と思い浮かばなかった。

コッソリと持ち出したものをポケットの上からギュッと握り、昨日の洞窟を目指す。

迷わず一直線に向かったからか、祖父宅を出て十五分ほどで目的地に辿り着いた。

石碑の裏側へ回り込み、獣道のような小道を進んで洞窟の入り口に到着する。昨日来た時よりも陽が高いせいで、不気味さは幾分マシだった。

「誠也さんに見つからなくてよかった」

カーゴパンツのポケットから取り出したのは、長い蝋燭《ろうそく》と、マッチ箱。

そんなものをどうするのだと問い質されたら、上手く言い逃れられた自信はない。

ライトを見つけられなかったので仏壇のところから失敬《しっけい》したのだが、どう考えても静夏が持ち出す理由などないものだ。

「ライトより頼りないけど、なにも明かりがないよりはマシだよな」

幸い、二十センチ以上も長さのある一番大きな蝋燭を持ち出したので、この洞窟内をチラリと覗くくらいは可能なはずだ。

慣れない手つきでマッチを擦ろうとして、失敗し……三本目で、ようやく蝋燭に火を灯すことができた。

「あ、充分に明るい。蝋燭、すごいな」

地味な見た目の蝋燭が、こんなに明るいものだと思わなかった。風で火が揺れて消えそうになるという不安はあるけれど、入り口の明かりが見える範囲なら、万が一洞窟内で蝋燭が消えても引き返すのに問題はないはずだ。

ドキドキしながらしめ縄を跨《また》いで洞窟内に一歩足を踏み入れた瞬間、これまでと質の違う空気が静夏の全身を包んだ。

ひんやりと……冷たい。物理的に洞窟内の気温が低いというのもあるだろうけど、感覚的に異質なモノだと感じる。

半袖のTシャツから伸びた腕に、瞬時に鳥肌が立った。

「夏場は嬉しい涼しさだけど……寒いくらいだな」

独り言をつぶやくことで、心細さを誤魔化す。

蝋燭の光を頼りにグルリと見回した洞窟は、予想していたよりも荒れていなかった。
一、二歩で引き返そうと思っていたが、もう少し奥まで入っても大丈夫そうだ。
ゴツゴツとした岩肌が剥き出しになった壁や天井には、ところどころ苔が生えている。

足元はじっとりと湿っていて、気をつけなければ滑って転びそうだ。

「自然の洞窟かなぁ。なにかに使ってる、って雰囲気じゃないもんな」

奥に向かって、緩やかな上り坂になっている。

チラリと入り口を振り向いた静夏は、もう少し進んでも大丈夫かな……と、蝋燭を持つ手に力を込めた。

蝋燭の長さが半分になる前に、戻ればいいだろう。

低くなっている天井で頭をぶつけないように……足の裏が滑らないように、慎重に足を進める。

どれくらい歩いたのか、洞窟の先が左右に分岐しているところで立ち止まった。

「分かれ道、か。……引き返したほうがいいかな」

蝋燭を持つ手で、左右の道をそれぞれ照らしてみる。

右側は、下り。左側は、これまでと同じく上りになっている。

下りと上り、どちらが安全だろうかとしばし考えて、左側に目を向けた。

「上りの方なら、少しくらいなら……大丈夫か？」

頭では、引き返したほうがいいとわかっていた。でも、ここまで来たのだからあと少しだけ……という欲が勝り、左側の道へ足を踏み出す。

一メートル、二メートル……少しずつ洞窟の幅が狭くなり、天井から突き出している岩のところは、頭をぶつけないよう屈んでくぐり抜けた。

右手に持っている蝋燭の火が、不意に奥から吹いてきた冷たい風で大きく揺らいで……消えた！

ドクンと心臓が大きく脈打ち、真っ暗闇の中で立ち尽くす。

「焦《あせ》るな。……マッチは、まだあるから大丈夫。スマホで手元を照らして、蝋燭に火を点ければいいだけだ」

静夏は、焦りそうになる自分にそう言い聞かせて、カーゴパンツのポケットを探る。

純粋な闇……自分の手さえ見えない状況を経験したことは、今まで一度もない。

夜に部屋の電気を消しても、常にどこかに光は灯っていたし、停電の夜でさえスマートフォンを立ち上げたり携帯ゲーム機の電源を入れたりすれば明かりは点いたので、光源がゼロになることはなかった。

ドクドクと心臓の音がやけに大きく耳の奥で響き、うるさいくらいだった。涼しいを通り越して肌寒さを感じていたのに、手のひらに汗が滲む。

「スマホ……っ！」

焦るなと自分に言い聞かせていたけれど、スマートフォンを取り出す動作が急いたものになってしまい、指が滑った。

マズい、と思った時にはカランとスマートフォンが岩肌に落ちる音が響いていた。

慌ててしゃがみ込んだ静夏は、じっとりとした洞窟の床に手を這わせる。

「どこだ。そんなに遠くに落ちた感じじゃないから……」

暗闇の中、手探りで物を探すのがこれほど困難だと初めて知った。

小石や苔……水溜り。指に触れる感覚のみで洞窟の床の地形を確認しながら、スマートフォンを探す。

もう少し先か……と、身を乗り出すために床に手のひらをついた『つもり』だった。

これまでと変わらない、じっとりとした岩肌に触れるはずの手が、ふっと宙を掻く。

「え……ッ！」

なんで？　と暗闇に目を凝らしてもなにもわからず、大きく身体が傾いた。

ダメだ。落ちる！

「ッ、ぅ……っ」

ところどころ岩肌に身体を打ちつけながら、自分の身体が急斜面を転がり落ちていくのを感じる。

どこまで落ちるのか。

その先に、なにがあるのか。

固く目を閉じて身体を丸めるしかできない静夏には、なにもわからない。

痛いというよりも、ただひたすら全身を襲う衝撃に耐え続け……気がつけば、静寂に包まれていた。

身体のあちこちが、ズキズキと痛みを訴えている。でも……。

「生きて……る」

ポツリとつぶやいて、瞼《まぶた》を押し開いた。

目を開けたところで、どうせ闇だ……と諦めていた静夏の予想は、見事に覆《くつがえ》される。

「眩し……っ、ここ……どこだ？」

眩い光が目を刺し、視界が真っ白に染まった。漆黒の闇から一転して光に包まれ、なにも見えない。

光を遮ろうと、咄嗟に右腕を上げて目を覆う。

パッと動かすことができたということは、右手は無事なようだ。左手も、動く。ゆっくりとした動きながら頭を左右に振ることもできるので、首も大丈夫。

身体に異常はないか、慎重に一箇所ずつ動かしながら確かめていたけれど、右脚に力を入れたところでビクッと全身を震わせた。

「い……てっ！　イテテ……痛い」

右足の膝か脛《すね》か足首か……どこが痛いのかわからないくらい、脚全体に激痛が走る。

あの痛みにもう一度襲われるのかと考えれば、すぐに動く気にはなれなくて、全身の力を抜いて深呼吸をした。

洞窟内に入ってから、この状況に至《いた》るまで。自分の行動を思い出しながら、生きていることに安堵と歓《よろこ》びを噛み締める。

落ちた瞬間は、もうダメだと思った。

身体のあちこち、特に脚が痛いけれど……大量出血しているところはなさそうだし、命に係わる怪我《けが》はなさそうだ。

「太陽に、草、木……。洞窟の床に縦穴が空いていて、滑り台みたいに外に繋がっていたのか？」

緩やかな坂になっていた洞窟の内部を、上って行ったのは間違いない。途中の縦穴に落ち、スロープのような斜面を転がってここに投げ出されたのだろう。

ようやく明るさに慣れた目で、周囲にグルリと視線を巡らせて現況を確認する。

静夏が横たわっているのは、深い草の上だ。これがクッションになり、落下の衝撃を和《やわ》らげてくれたに違いない。

空を背景に、木の枝が映るということは……山の中だ。

ホッとしたのは一瞬で、次の問題が静夏の前に立ちはだかった。

スマートフォンは洞窟の中なので、助けを呼ぶことはできそうにない。

気合いを入れれば、這ってでも動けないことはなさそうだが、先ほどの激痛を思い出すだけで憂鬱《ゆううつ》な気分になる。

「民家から、どれくらい離れたところだろう。おれが、あの洞窟に行ったってことは誰も知らないし、捜しに来てくれることは期待できない……か？」

玄関先で逢った誠也の顔が浮かんだけれど、「散歩」とだけ言い残してきたのだから、彼は静夏の行き先までは知らない。

このままでは、人知れずここで……と考えた途端、ゾッと背筋を悪寒が走る。

「冗談じゃない。なんとかして助けを」

せめて上半身だけでも起こそうと、草の上に投げ出していた身体を捻りかけたところでピタリと動きを止めた。

ガサ……ガサ……草を揺らして、なにかが近づいてくる。狸《たぬき》や鼠《ねずみ》などの、小さな動物の立てる音ではない。

野犬《やけん》とか……？　誠也さんは猪が出ると言っていたけど、まさか熊はいないよな……？

じわじわと力尽きるのもご免《めん》だが、動物に食われて死ぬのはもっと嫌だ！

緊張のあまり、声を出すことはもちろん指先一つ動かすこともできない。

おれに気づかず、通り過ぎてくれ……と、必死に気配を殺す。

息を詰めて近づいてくる音のほうを窺っていると、静夏の目の前にある草を踏んだのは人間の足だった。

「……人……？　助かっ……た」

一気に緊張が抜けて、安堵の息を吐き出す。

恐ろしい動物ではなく、人間だった。ついでに、この人に助けてもらえそうだ。

足を止めたその人は、無言だ。普通は、誰か倒れていたら声をかけるのではないか？

と疑問が湧いて視線を向ける。

「……あの」

静夏が話しかけようとしたのとほぼ同時に、これまで足しか見えなかったその人が背中を屈めて、こちらを覗き込んできた。

バッチリと目が合い、息を呑む。

若い男だ。たぶん、静夏より五つ上の誠也と同じくらい……。

端整な容貌に目を奪われそうになったのは一瞬で、こめかみの少し上……黒髪のあいだから突き出た異物を凝視する。

「え……角……？　コスプレ？」

円錐形《えんすいけい》の、角……にしか見えないものが、左右に二本。女の子の髪飾りみたいなものを装着しているのかと、目をしばたたかせる。

男の着ている服は、古風な和装だ。よく見れば、履物も草履《ぞうり》……で。それらと頭の上の異物が相俟《あいま》って、なんとも奇妙な空気を醸《かも》し出していた。

日本人……だよな？　まさか、言葉が通じない……とか。

そんな疑念まで湧き、コクンと喉を鳴らす。硬直している静夏に、無表情でこちらを見下ろしていた男が話しかけてきた。

「人の子……か。どこから迷い込んだ？」

日本語だ！　やはり、この奇妙な出で立ちは、なにかしら意味のあるものに違いない。

夏祭り……とか？　田舎の風習はよくわからないので、そういう祭事《さいじ》が存在しても不思議ではない。

ホッとした静夏は、緊張を解いて状況を説明しようとしたけれど、

「あの、おれ……洞窟に入ってて、どこかから、落ちて……っ」

ここに至る過程を上手く言葉にできなくて、あわあわと口籠もる。

けれど男は、『洞窟』と『落ちる』というキーワードだけで、だいたいの事態を察してくれたらしい。

「洞窟……か。結界のせいで、『アチラ』からは、そうそう入れないはずだが。入れるとしたら……おまえは、茅野の血脈《けつみゃく》か」

「は、はい。そうっ。茅野です。茅野、静夏」

周りが全員知り合いのような密度の濃い地域なので、見慣れない顔の静夏が、『茅野』での葬儀のために外部からやって来たのだと判断したのかもしれない。

勢い込んでコクコクうなずいた静夏に、男は何故か険しい表情になる。続く言葉は、静夏にはよくわからないものだったけれど……。

「人の子というだけでも面倒なのに、茅野……か。他の者に見つかると、厄介だな」

こちらを見下ろして思案の表情を浮かべていた男だが、静夏の全身に視線を走らせてようやくボロボロな状態に気づいたらしい。

眉を顰めて、短く尋ねてくる。

「……怪我をしているのか」

「あ……ちょっと、すごく……脚が痛いな……と」

どこもなんともないと、平気なふりをする余裕はなくて、素直に痛いと訴える。

ふっと息をついた男は、なにを思ったのか静夏の背中と膝の裏に左右の腕を差し込み……ひょいと、抱き上げた！

「いっいてて……ッ。あ、あのっ、重いんじゃ……」

こんなふうに他人に抱き上げられたことのない静夏は、痛みに顔を顰めた直後、焦って男の顔を見上げる。

至近距離で視線が絡み、初めて気がついた。

瞳の色が……左右で違う。右目は漆黒、左目は深い紺色……だ。

初めて見る綺麗な瞳に、言葉を失って不躾《ぶしつけ》に凝視する。

男は、静夏の無遠慮な態度に不快感を示すでもなく、淡々とした調子で口を開いた。

「重くはないな。とりあえず、手当てをしよう。俺の住処《すみか》はすぐ近くだ」

「はぁ……ありがとう、ございます。あの、名前……は？」

どう呼びかければいいのかわからないし、名前も知らない人の世話になるのは心苦しい。それに後で、父親たちに話して謝礼をしなければならない。

静夏をチラリと見下ろした男は、本当に重さを感じていないかのように危なげのない足取りで歩きながら、短く答えた。

「颯天だ。……神藤颯天」

それきり口を噤み、大股で歩き続ける。

頭に角をつけて時代錯誤な服装でうろつく、変な人……と思ったけれど、静夏は不思議なくらいの安心感に包まれて、鬼に扮《ふん》した男の腕に身を預けた。

《五》

颯天と名乗った男の家は、静夏が倒れていた山中から徒歩十五分くらいのところに、ポツンと一軒だけ建っていた。

家の脇には、大きな木が一本。周りは田畑に囲まれていて、見える範囲に他の民家らしき建物はない。

服装も時代錯誤なものだと思ったが、この家もずいぶんとレトロだ。

瓦屋根に土壁の祖父宅でさえ、古民家という印象だったけれど……この家は、更に古風な日本家屋だ。

ただ、木造ながら柱はしっかりとした太いものだし、古風は古風でも荒れ果てて今にも崩れそうな古臭い不気味な外観ではない。

なにかに似ているな……と思ったら、近所にある神社の社務所《しゃむしょ》のような空気なのだ。

レトロなのは外観だけでなく、内装も近代的とは言い難いものだった。

「古民家っていうか、伝統家屋って感じ？　家具とかも木製だし、映画で見る明治とか大正時代の生活様式だな」

植物を編んで作られた敷物の上に座った静夏は、室内をグルリと見回して感想をつぶやく。

入り口の戸を入ってすぐの部屋には、静夏が初めて現物を目にする囲炉裏《いろり》が作られており、土間には竈《かまど》らしきものまであった。床板は綺麗に磨かれているし、敷き物もサラリとした肌触りで清潔だ。居心地は悪くない。不思議と、懐かしい雰囲気さえ漂っている。

「どこが痛い？」

「あ、右脚……が」

木箱を手にした颯天が、静夏の脇に座り込む。

両脚を投げ出して座った静夏が右脚を指差すと、所々破れているカーゴパンツを目にして眉を顰めた。

「着物を脱いだほうがいいな。これではよくわからん」

「あ……はい」

確かに、パンツを穿いたままではどこがどうなっているのかわからない。

流血はしていないようだけれど……。

「い、イテ……ぃ、ッ」

フロントを開放して腰のところまで下ろしたのはいいが、脚を動かすのが痛くてそこで動きを止めてしまった。

泣き言を零す静夏を見かねたのか、颯天がカーゴパンツの腿《もも》の部分を掴む。

「脱がすぞ」

「すみません。お願いします」

静夏がうなずいたのを確認して、ゆっくりと足首まで引き下げられる。あまりにもそろそろとした動きなので、肌を擦る布の感触がくすぐったい。

端整な顔でニコリともしないから、近寄りがたい空気が漂っている。でも、きっとすごく優しい人なのだろう。

右太腿のところに置かれた手が、少しずつ下に移動する。膝のところで動きを止め、大きな手が膝頭を包んだ。

「膝を曲げられるか？」

「……い、っ！　無理……かも」

ほんの少しだけ曲げられたけれど、それ以上は無理だ。ズキズキと激しい痛みがそこから広がり、脚全体が熱い。

恐る恐る目を向けると、膝のところが明らかに腫《は》れているのがわかった。

「折れてはいないな。指も動いているから、歩けなくなることはない。薬草を塗って、しばらく無理に動かないほうがいい。腫れが引いたら、じきに治る」

そう言いながら、脇に置いてあった木の箱を開けて口の広い瓶《びん》を取り出す。とろりとした茶色の軟膏《なんこう》を膝に塗りつけられると、ひんやりして気持ちよかった。

颯天の大きな手が、手際よく膝に白い布を巻きつけていく様子を目にしながら、「でも」と口を開く。

「薬草……って、応急処置はそれでいいかもしれないけど、このあたりに病院は？　……あ、迎えに来てくれるように頼むから、電話を貸してほしいです。スマホ、洞窟の中で落としちゃって……う、電話番号がわかんない」

さすがにこの人に、茅野の家まで送ってくれと言うのは図々《ずうずう》しいだろう。

そう思い、誰かに迎えに来てもらうので電話を借りたいと頼んだのはいいが……連絡先は、両親の携帯ナンバーも含めてすべてスマートフォン頼りだった。

かろうじて暗記しているのは、自分の携帯番号と自宅の電話番号だが、どちらも今の時点では無意味だ。

「ここまで連れてきてもらった上に、手当までしてくれて……本当に申し訳ないんですけど、茅野の家の電話番号ってわかりますか？　近くなら、誰か呼んでくださっても……ありがたいです」

おずおずと頼み込んだ静夏を、颯天はなにを考えているのか読めない無表情で見返してくる。

なんだ？　やはり、図々しい頼みだと思われただろうか？

「通信手段……は、悪いがここにはないな。それに、おまえの家人《かじん》を呼びに行くのも無理だ。俺は、『アチラ』に出られん」

「えー……と、電話がない？　無理……とか、出られん……って」

言葉としてはわかるのに、颯天が語っている内容を理解することができない。

戸惑う静夏に、何故か颯天も同じくらい戸惑った様子で視線を泳がせる。

「ここからは、おまえが……自力で出て行くしかない。脚が治るのを待て」

「出て行く、って。脚が治るのを待つ？　でも、連絡さえ取れれば誰かに迎えに来てもらえるしっ。薬草を使う民間療法もバカにできないと思うけど、怖いから、早めに病院に行きたいな……とか」

やけに悠長《ゆうちょう》なことを言っている颯天に、もどかしさが募る。

なんだろう。言葉は通じているのに、話が通じない？　こちらが投げかけた問いに、微妙にズレた答えが返ってくる。

「茅野の家がある集落からそんなに離れてないはずだし、なんでそんなにできないことばかりなんですか？」

助けてくれたこの人を責めるのは、間違っている。頭ではそうわかっているのに、思うように身動きが取れない自分の状態と、誰かを呼ぶことさえ「無理」だと拒まれることで、どんどん焦燥が増す。

憤る静夏を、颯天は黙って受け止める。その落ち着き払った態度が、無性に腹立たしかった。

「なんで？　すぐに帰りたいっ！」

ここがどこか、具体的にわからないということも静夏の焦りの原因になっている。

現代日本から数十年……下手したら百年単位で時間を巻き戻したみたいなこの家も、気味が悪い。

帰る、と立ち上がろうとしたけれど、右脚の痛みに負けて浮かしかけていた尻を敷き物に戻した。

ぐらりと傾いた静夏の身体を支えようとしてくれたのか、颯天の手に肩を掴まれる。

「無理をするな。治りが遅くなる」

混乱する静夏とは裏腹に、淡々とした調子の声だ。

冷静な颯天に反して、一人騒ぐ自分がどこか滑稽《こっけい》で……理不尽《りふじん》な八つ当たりだとわかっていながら、苛立《いらだ》ちをぶつけずにいられなかった。

「そんな、角とかつけたまま……ふざけてんのかよっ」

頭上の角を弾き飛ばしてやりたくて、手を伸ばす。けれど、颯天の角は……そのままだ。

「なんか、しっかり……ついてた」

結構な勢いで触れたのに、ビクともしなかった。まるで、頭蓋骨に根を張っているかのように……。

「それ、どうやって頭につけてんの？　結んでる紐とか、女の子の髪飾りみたいな土台とか……見えないけど」

視線を絡ませた颯天の端整な顔に表情はなくて、からかわれている雰囲気でもない。

奇妙な沈黙が漂い、静夏は次に言うべき言葉を探した。

「年寄りに、聞かされたことを思い出しちゃった。山には、鬼がいて……攫われて神隠しに遭う……とか。なんか、子供騙しっていうか時代錯誤な脅し文句だよな」

バカなことを、と笑え。

祈るような思いで颯天のリアクションを待ったのに、いつまで経っても颯天は笑ってくれない。

黒と、濃紺。左右の色が違う不思議と綺麗な瞳で、ジッと静夏を見ている。

「アチラの人間は、鬼と呼ぶが……勝手につけられた名だ」

あまりにも颯天の口調が淡々としているから、あまり趣味のよくない冗談で脅しているのだろうと、笑い飛ばすことができなかった。

無意識に身体を引いて、肩にのせられている颯天の手から逃げる。

「……危害を加える気はない」

静夏から目を逸らして手を引いた颯天が、やはり思惑の読めない無表情のままつぶやく。

本当に？　そう言いつつ、喰うつもりでは？

そこまで考えて、首を振った。

今のところ、颯天からは凶暴性を感じない。それに、身動きが取れなかった静夏相手なら、あの場でどうにでもできたと思う。

ここまで連れてきて、怪我の手当てをしてくれたのだ。危害を加えないという言葉は、信用できる。

でも……勝手に身体が逃げてしまう。

本物の、角？　鬼……？

洞窟の穴に落ちただけのはずなのに、ここは……どこだ？

「おれのこと、どうする気だよ。なんで、自分の家まで連れてきて……手当てまで」

戸惑いをそのまま疑問としてぶつけたけれど、颯天からの答えはなかった。

緊張に満ちた沈黙の後、不意に立ち上がる。

静夏が、ビクッと身を竦《すく》ませたことはわかったはずなのに、一瞥もせずに囲炉裏のほうへと移動する。

「心配しなくていい。ここでしばらく身体を休めて、傷を癒《いや》すことだけ考えろ」

怯《おび》えていると思って、距離を置いたのか？

いや……真意がわからないのだから、颯天を信用して安心しきってはいけないだろう。

未知の存在に対して、畏怖《いふ》を覚えるのは当然だ。

そう……自分に言い訳をすることで、颯天を理不尽に怖がったのではないかという罪悪感に似た思いに蓋をした。

人間の静夏にとっては、鬼らしき颯天が。

そして、鬼らしき颯天にとっては、人間の静夏が。

未知の存在であることは、お互い様だ……と。

そこまで考える余裕が、その時の静夏にはなかった。


ガタンと戸口から音がして、ビクッと身体を震わせた。いつの間にか、敷き物の上で身体を丸くして眠っていたようだ。

瞼が重く、頭がぼんやりとしている。吐く息が……いや、息だけでなく全身が燃えるように熱い。颯天が近づいてきているのはわかっていたけれど、身動きすることができず瞼を閉じて眠っているふりをした。

キシキシと床板を踏む音が近づいてきて、颯天が丸くなって横たわっている静夏の脇で足を止めた。

「……静夏？　発熱しているか」

名前を呼びながらそっと首筋に触れられて、大きく肩を震わせた。

その反応で、静夏が本当は目覚めていると、察せられたかもしれない。けれど颯天はなにも言うことなく、静夏の身体になにかを掛けると立ち上がって離れていった。

薄く目を開いて、身体の上に掛けられたものの正体を確かめる。

さらりとした肌触りの……布団、ではない。浴衣《ゆかた》のような、着物だろうか。

脱いだカーゴパンツを再び穿くことができず、シャツは汚れている上に所々破れているという状態の静夏を見かねて、用意してくれたのかもしれない。

浅葱色《あさぎいろ》の布を握っていると、一旦離れていた颯天が戻ってきた。静夏は、慌てて目を閉じて眠っているふりを続ける。

ところが、不意にひんやりとした濡れた感触が首筋に押し当てられ、眠っているふりを続けられなくなった。

「……っ！」

目を開けた静夏は、ビクンと身体を震わせて反射的に逃げかかる。

屈んで静夏を覗き込んでいる颯天と、目が合う。眉を顰めて腕を掴み、静夏の動きを制した。

「動くな。ただの、湿らせた布だ」

冷たいものの正体は、水で濡らして固く絞った布だったらしい。首筋と、右膝の熱を持った部分にそっと押し当てられる。

肌の火照《ほて》りがスッと引き、気持ちいい。

「怪我のせいで熱が出ている。無理に動かず、ジッとしてろ。俺がいないほうがいいなら、見えないところにいる。あと、そこに食事を置いてある。毒などは入っていないから、少しでも口にしろ。そのほうが、怪我の治りが早くなる」

静夏を見下ろす颯天の目は、真摯《しんし》な光を湛《たた》え……純粋に心配してくれているのだと、伝わってきた。

なにも言えずにいると、ふっと息をついて立ち上がろうとする。その颯天の着物の裾を、咄嗟に掴んだ。

「あ……」

そうしようと、頭で考えての行動ではない。颯天は目を瞠《みは》ってこちらを見下ろしたが、静夏自身が自分の行動に一番驚いている。

静夏が颯天を厭《いと》うていると、そう思われたまま離れていくのはダメだと、勝手に手が動いた。

「俺がいると、気に障るんじゃないのか」

皮肉《ひにく》ではない。ただ静夏を気遣い、意思を確かめようとしている。

そうわかっていたから、ゆっくりと首を左右に振った。

颯天の正体は本当に『鬼』なのか、ここがどこなのか、『アチラ』とか……静夏が自分の足で出て行かなければならない、とか。

疑問は尽きない。ワケがわからなくて、怖いことばかりだ。

でも……今は、颯天が離れていってしまうことのほうが怖かった。この状況で、独りになりたくない。

少なくとも、颯天が静夏に危害を加えないということは確かなようだし、颯天のことは正体不明でも怖いとは感じなかった。

「食事をして、眠れ。人も獣も、傷は眠りで癒される」

「……うん」

背中に手を添えられ、上半身を起こす。身体の上に掛けられていたのは、やはり綺麗な浅葱色の浴衣のようだった。

「俺のものが嫌でないなら、着ていたほうがいい。その格好は……目の毒だ」

そんな颯天の言葉に、起き上がったせいで腹のところでクシャクシャになっている布を、ギュッと握る。

「見苦しいよな。……借りる」

「いや、見苦しいという意味ではなく……上着も汚れているから、脱いだほうが落ち着くだろう。捨てたりしないから安心しろ。洗濯をしておく」

本当に言いたいことはそれだったのか、聞き返すことはできなくて、小さくうなずいてTシャツを脱ぎ捨てた。

肩や二の腕のところを打撲《だぼく》しているらしいし、細かな擦り傷があちこちにある。でも、腕を動かして脱ぎ着できるということは、右脚ほど酷《ひど》い怪我は他にはなさそうだ。

「あれ？」

浴衣に袖を通して、傍にあった帯を身体に巻きつけたけれど……結び方がわからない。適当に、固結びでいいかともたもたしていると、颯天が手を伸ばしてきた。

「……帯は緩く締めておこう。苦しくないか？」

「大丈夫。……ありがと」

苦しくないよう、脇腹のところで手際よく綺麗に帯を結ばれる。

子供みたいで恥ずかしい……が、黙っていてはダメだろうと照れを含んだ礼を口にした。

静夏の顔を見た颯天が、かすかに目を細める。

「初めて笑ったな。わずかながらでも、警戒を解いたか」

「よくわかんない。……けど、颯天は怖くない、から」

どう答えればいいのかわからず、唯一自信が持てること……颯天が怖くない、ということだけを伝える。

颯天は、視線を床に落として短く「それならいい」とつぶやいて、木の盆を差し出してきた。

そこにあるのは、大きなお握りが二つと……木製の椀に入った、薄茶色のスープのようなものだ。少し歪な形だけれど、お握りを目にした途端、空腹を思い出したかのように腹の虫がグゥと鳴いた。

腹は減っている。でも、素直に手を出していいものか躊躇《ためら》っていると、颯天がお握りを右手に取って半分に割る。

「母親から習ったものだから、静夏も食べられなくはないと思うが……」

「母親から？」

母親から習ったから、静夏も食べられる？

不思議な言い回しに、首を傾げて聞き返す。けれど、颯天はそれ以上なにも言うことなく、半分に割ったお握りに齧《かじ》りついた。

「ん。食え」

左手に持っている片割れを差し出されて、そっと受け取る。

静夏の目の前で自ら口にしたことで、害のないものだと証明したのか。でもこれが、本当に自分が食べても大丈夫なものなのか……確証はない。

チラリと目を向けると、静夏の動向を見守っている颯天と視線が合う。

漆黒の瞳も、濃紺の瞳も、どちらも綺麗で……ここまで連れてきてくれて、手当てをしてくれた颯天を信じようと、腹を括《くく》った。

「……っ」

目を閉じて齧りついたお握りは、ほんのりとした塩味で、少し米が硬い以外は変わったところのないものだった。

変わったところがない、というより……ものすごく美味《おい》しい。具がない塩味のお握りを、こんなに美味しいと感じたのは初めてだ。

「美味し……」

思わずつぶやくと、颯天がホッとしたように頬を緩ませる。笑った、というほどの変化ではないけれど、初めて和やかな表情を見せてくれた。

トクンと心臓が大きく脈打ち、ドギマギと颯天の顔から目を逸らす。

静夏に向かって、ホッとしたように「笑ったな」と言った颯天の気持ちが、わかる。

自分に対する緊張を解いてくれたのだと思えば、どう言えばいいのか……なんだか嬉しかった。

怖いと思ったり、正体不明で不気味だと思ったり、ほんの少しの笑みらしきものが嬉しいと思ったり。

目まぐるしく印象が変わり、自分でもどれが正解なのか困惑する。ただ、颯天が静夏に危害を加えない……ということだけは、信じてもいいのかもしれない。

よく考えれば、最初から、敵意は全然感じなかったのだ。

スピードを上げてお握りを食べ終えると、颯天が木の椀を指差した。

「それも。薬草を煎じた薬湯《やくとう》だ。よく眠れる。傷の治りが早くなる」

茶色の液体……お茶に似ているが、正体不明すぎる。

手を出しあぐねていると、お握りと同じように颯天が椀を掴んで自ら口に含んだ。反らした喉……喉仏《のどぼとけ》が動くのを見ていた静夏に、ふと目を向けてくる。

「いざとなれば、強制的に飲ませるが」

端整な顔を至近距離に寄せられて、どう「強制的に飲ませる」つもりなのか、聞かずとも想像がつく。

「の、飲むよ」

焦った静夏は、少しだけ背中を引いて颯天から距離を取る。

同性のものとはいえ、ケチのつけようのない、いい顔がいきなり近くなったから、心臓が変に脈動を速めているのだろう。

間近で見ても、濃紺の左目は宝石みたいに綺麗だった。

颯天の手から木の椀を受け取りながら、乱れた鼓動を紛らわせたくて口を開く。

「これも、お母さんに習った？」

「……いや、こちらのものだ。ただ、母親も少し苦いと言いつつ飲んでいたから、大丈夫なはずだ」

また、その言い回しだ。

母親から習ったから静夏も食べられるとか、母親が飲んでいたから大丈夫だとか。

まるで……颯天の母親が静夏と『同じ』みたいだ。

そんな疑問を感じながら、横目で颯天を見遣る。

黒い髪から、十センチほど突き出た二本の角が目に入り、思い浮かんだ『まるで』を打ち消した。

二本の角は、やはり不思議なものだと思う。

ただそれが、気持ち悪いとか怖いとは感じなくて……初めて目にした時ほどの違和感も、もうない。

木の椀を両手で持ち直し、思い切ってグッと半分ほど中の液体を呷《あお》った。

「ニガ……」

茅野の祖母宅で飲まされた、ドクダミ茶だとかいうものに似ていて、舌に広がる苦味に顔を顰める。

それでも投げ出すことなく飲み干すと、颯天の手が空になった椀を受け取り……もう片方の手でグシャグシャと頭を撫でられた。

「っ！」

「よく飲んだな」

「……子供じゃないんだけど」

完全な子供扱いにムッとして、髪を撫で回していた颯天の手を払い除ける。

誰かに頭を撫でられるなど、小学校低学年の頃以来だ。嫌というよりも、恥ずかしい。

「子供じゃない？　いくつだ」

「十七だよ」

「………………」

静夏の答えを聞き、意外そうに目をしばたたかせて黙り込んだ颯天に、ますます機嫌を降下させた。

身長も百七十センチほどはあるし、年相応の外見をしているつもりだが、それほど幼く見えたのだろうか。

静夏が不機嫌になったことを知ってか知らずか、颯天は難しい顔でつぶやいた。

「人の子の年はわからん」

「そういう颯天は、いくつ？」

「……二十五、といったあたりか」

曖昧な答えだ。まるで、自分の年齢を正確に知らないみたいではないか？

新たな疑問が湧いてきたけれど、腹が満たされたせいか薬湯の作用か、急激な眠気が襲ってきた。

「眠れ。ここで護っている」

……護る？　誰を？　静夏を……なにから？

疑問は、口に出すことができなかった。颯天に頭を抱き寄せられ、がっしりとした肩にもたれ掛かると……更に瞼が重くなる。

嫌がって振り払ったのはついさっきなのに、髪を撫でる颯天の手が優しくて……嫌だと言えない。

「大丈夫だ、静夏」

低い声は、子守唄にも等しい心地よさで耳に流れ込み……意識を保とうとする努力を手放した。

……大丈夫だと。

それにはなんの根拠もないのに、颯天に身を預けて心地いい眠りに沈んだ。

《六》

「……ん」

そっと額に触れられているのを感じて、睫毛《まつげ》を震わせる。重く感じる瞼をゆっくりと開いた静夏は、ぼやけた視界に映る男の顔に「え？」と小さく零した。

見覚えのない端整な容貌は、誰のものか。

ここがどこで、自分がなにをしているのか。

寝惚《ねぼ》けていた頭に思考が戻るのには、さほど時間を要さなかった。

洞窟探検の途中で、転がり落ち……脚を怪我して動けなくなっていたところを、この奇妙な男に助けられたのだ。

長身で、端整な容貌をしていて……左右の瞳の色が違う、印象的な男。

なにより、黒髪のあいだからスッと突き出た二本の角が、『普通の人間』ではないことを示している。

「は……やて」

「熱は下がったようだな。脚以外に、調子の悪いところは？」

目が合い、かすれた声で呼びかけた静夏に、颯天は淡々と尋ねてくる。不思議な色合いの瞳に滲むのは、心配と安堵が複雑に入り混じったものだ。

初め、この男の異様な姿を目にして感じた驚愕と恐怖は、今では不可解なくらい薄れている。


「……いじょ、ぶ」

小さく首を横に振り、大丈夫だと告げる。静夏の声が消え入りそうなものであることの理由は、語らずとも察せられたらしい。

「水を飲め。熱のせいで喉が渇いているだろう」

「うん」

枕元に置かれている木の椀には、澄んだ水がたっぷりと注がれている。それが視界に入った途端、急に喉の渇きを感じた。

上半身を起こそうとするが、長く横になっていたせいか緩慢《かんまん》な動きになってしまう。

「……ゆっくり起きるんだ」

ぐらりと揺れた身体を、颯天の手に支えられた。静夏が顔を上げると同時に、パッと背中に当てられていた手が離れていく。

静夏が颯天に触れられることを嫌がっていると思い、必要以上に触らないように気を遣っているのだろう。

「一気に飲むな。少しずつ含め」

静夏がきちんと身体を起こせていることを確かめて、木の椀を差し出される。揺れる水面には埃《ほこり》一つ浮いておらず、澄み切っていた。

静夏が、警戒して水を拒むと思っているのか……そっと横目で窺った颯天は、不安そうな顔をしている。

「いただきます」

両手で椀を持ち、小さくつぶやいて口をつけた。

渇いた口腔を湿らせ、喉を流れ落ちるものは無味無臭の『水』なのに、最近流行のどんなフレーバー水よりも美味しく感じられて、目を瞠った。

味も香りもない水が、こんなに美味しいなんて……初めての体験だ。一気に飲むなというう颯天の忠告も息継ぎも忘れて、喉を鳴らす。

「……けほっ」

「だから、ゆっくり飲めと言ったんだ」

苦笑交じりの声が頭上から落ちてきて、噎《む》せた静夏の背中をポンポンと軽く叩く。

子供を宥めるような口調と手つきが、なんだか気恥ずかしくて顔を上げられない。

「熱のせいで薬草も乾いているだろう。取り換えておこう」

「ん……」

背中を屈めた颯天は、静夏の右脚に巻きつけてある白い布をゆっくりと解いていく。膝を中心に塗りつけられた薬草がパリパリに乾いて肌に貼りついており、あまり気持ちいいものではない。

肌にこびりつくそれを、湿らせた布でそっと拭い取ると、赤く腫れた膝下へ大きな手を押し当てた。

「痛むか」

「少し。……でも、だいぶんマシになった」

今も、痛くないわけではない。

けれど、心臓の脈と連動するかのようにズキズキと絶え間なく生じていた疼痛《とうつう》が、ほとんどなくなっている。

塗りつけられたドロリとした薬草の効能か、飲まされた苦い薬湯が効いたのか。両方か。なんにしても、颯天の手当のおかげだということは間違いない。

「……ありがと」

スッと伸びた二本の角を目に映しながらポツリと口にすると、颯天が顔を上げる。視線が絡み……先に目を逸らしたのは、颯天だった。

端整な横顔に、わかりやすい変化はない。

それでも、あれほど警戒していた静夏が、怯えることなく颯天と目を合わせたり話しかけたりすることに戸惑っているのだと、伝わってくる。

「まだ熱を持っている。薬草を塗っておこう。眠れるなら、寝ていたほうがいい」

「うん……」

汚れた布を手にして立ち上がった颯天は、静夏と目を合わせないまま部屋を出て行った。耳を澄ますと、かすかな物音が聞こえてくる。

さほど待つことなく、最初に脚に塗られたものと同じ軟膏が入った瓶と、新しい布を持った颯天が戻ってきた。

「幸い、痛めたのは関節ではなさそうだな。腫れと痛みが引けば、すぐに歩けるようになる」

「ん……」

ゆっくりしゃべりながら薬を塗りつけている颯天の手元を、恐る恐る見下ろす。

確かに……動かしづらい感じはあるが、膝の関節は無事なようだ。脛のところが赤く腫れ、ところどころ不気味な紫の内出血が見て取れる。

「膝を曲げてみろ。痛くても、動かさずにいるのはよくない」

諭すような颯天の言葉には、不思議なくらい説得力がある。コクリとうなずいた静夏は、そろそろと右膝を曲げて顔を顰めた。

「ッ……い、て……イテテ」

痛い。ほとんど治まったと思っていた痛みが、少し右脚を動かしただけで一気に押し寄せてくる。

「無理はしなくていい。少しずつ……だ」

颯天の大きな手が、そっと静夏の右膝を包み込むようにして触れてくる。その手が思いがけずあたたかく、ビクッと脚を震わせてしまい……、

「イタ……ッ」

小さく零すと、パッと颯天の手が離れていった。肌を撫でる空気が冷たく感じて、「痛い」なんて言わなければよかったと……自然と思う。

「っ……なん」

どうして、そんなことを思ったのか。

自分の思考に驚いた静夏は、右手で口元を覆って視線を泳がせる。その視界の隅を、チラチラと颯天の頭に生えている角が過り……混乱に拍車《はくしゃ》がかかった。

「すまない。俺は別の部屋にいるから……もう少し眠れ。食事の用意をしておこう」

立ち上がった颯天は、薬草の瓶を大きな手で掴むとすぐさま背中を向けて出て行ってしまう。

一度も振り返らなかった。だから、その背中を静夏がどんな顔で見送っていたのか……わからなかっただろう。

独りになるのは、嫌だ。淋しい。……心細い。

「……なんて、どうかしてる」

異形《いぎょう》の存在である颯天に対する警戒心も忘れ、傍にいてほしいと望むような情けない顔をしていたかもしれなくて……軽く頭を振って思考を振り払う。

「寝られそうにない……なぁ」

熱を出した自分がどれくらい眠っていたのか、目に入るところに時計の類《たぐい》は一つもないのでわからないけれど、相当な時間が経っているはずだ。

……さすがに、これ以上は眠れないだろう。

そう思っていたのに、身体を横たえて目を閉じると少しずつ意識が霞んでいく。

人も獣も、眠ることで癒されるのだ……と。

颯天の言葉が、頭の中に響いた。

「獣、かよ」

自分も動物の一種なのかと、無意識に苦笑を滲ませてゆっくりと息を吐く。

すぐ隣の部屋からは、トントンガタガタと、颯天がなにやら作業をしている音が聞こえてくる。

それが、思いがけず耳に心地よくて。

不思議な安堵感に包まれた静夏は、ゆらゆらと浅い眠りに漂った。

□□□

颯天はリハビリという言葉は使わなかったけれど、それと意味を同じくする行為を知っているようだ。

静夏の足首をそっと掴み、関節の強張りを解くようにゆっくりと回す。

「痛まないか」

「……平気」

表情のない、低い声で短く尋ねられても、颯天が不機嫌なわけではないとわかっている。

颯天が言うには、静夏はここに来た日から二日二晩も眠り続けていたらしい。

それを考えると、今日で五日目だ。腫れ上がっていた右脚の膝下も、赤や紫色の内出血が目立つだけでほとんど痛みは引いている。ただ、ジッとしていたことで膝や足首の関節が強張っていて、思うように歩くことはまだできない。

借り物の、浅葱色の浴衣から覗く自分の手足をぼんやりと目に映していた静夏は、颯天が足元に顔を寄せていることに居心地の悪さを覚えておずおずと口を開いた。

「あの、颯天」

「……なんだ」

「お願いがあるんだけど、風呂とか……ないかな。川か池でもいいけど、身体を洗いたい。おれ、メチャクチャ汚いだろ」

クンクンと自分の腕を嗅《か》いでみたけれど、静夏自身はよくわからない。でも、間近にいる颯天には……臭っているのでは。

一度そう考え出すと、身体を洗いたくて堪らなくなった。

颯天が住むこの家には、お手洗いがあるのみで浴室というものは見当たらない。なのに、颯天自身に薄汚れた印象はないし髪や肌も清潔な雰囲気なので、どこかで身を清めているはずだ。

「俺は気にならないが」

「おれが、気になるんだ」

颯天は真顔で気にならないと言ってくれたけれど、一度「風呂に入りたい」と思ってしまったからには静夏自身が耐えられそうにない。

訴える静夏は必死な形相《ぎょうそう》になっていたのか、颯天がかすかに唇を綻《ほころ》ばせた。

「そんなことを気にする元気が出たのは、いいことだ。今日は、天気もいいことだし……案内しよう」

笑った、と言っていいものかどうか微妙な変化だったけれど、颯天の微笑にトクンと心臓が鼓動を乱す。

触れていた静夏の足首から手を離した颯天が、身体の向きを変えてボソッと口を開いた。

「暴れるなよ」

「え……っ、うわ！」

短い一言の意味は、すぐにわかった。いとも容易《たやす》く、ひょいと……両腕で抱き上げられたのだ。

それなりに体重があるつもりなのに、まるで重さを感じていないみたいだ。暴れるな、などと言われるまでもなく、驚きに身体を硬直させる。

「重いだろっ。あ、案内してくれたら自分で……」

「家の中の移動ならともかく、その脚では無理だ。黙って運ばれろ」

右脚を引きずりながらだけれど、もう短距離の移動はできる。でも、颯天が無理だと言い切るのなら……きっと、静夏が自力で辿り着くのは難しいのだろう。

颯天は両腕に静夏を抱いたまま土間に向かい、草履に足を入れる。屋外にあるらしく、迷いのない足取りで家の外に出た。

誰かに抱き上げられる……それも、俗に言う『お姫様抱っこ』など何度経験しても慣れることはなくて、心臓がドクドクと早鐘《はやがね》を打っている。

「それに、静夏は軽い。子兎《こうさぎ》を懐《ふところ》に入れているようなものだ」

「い、くらなんでも、兎は無理があるだろ」

違う。颯天に抱かれているせいで、ドキドキしているのではない。

不安定な体勢が怖いのだと自分に言い訳をして、危なげない足取りで歩き続ける颯天に身を預けた。

久々に外の風を感じて、心地いいのに……爽やかな空気を堪能《たんのう》する余裕はなくて。

颯天のことしか、考えていなかった。


「天然の、露天風呂……だな」

臍《へそ》あたりまで湯に浸《つ》かった静夏は、生い茂る木々と剥き出しの岩に囲まれた風呂という非日常な空間に大きく息をつく。

居住している家屋を出て、颯天が歩いた時間は五分足らずだ。家の裏手に回り、石の階段を下りて行ったかと思えば……湯気の立つ岩風呂があり、静夏は驚きに目を瞠って「うわぁ」と声を上げた。

川か池で、冷たい水を浴びることを覚悟していたのだ。体感では、三十度そこその気温だから風邪を引くことはないだろうと、そう思っていたのに……思いがけない僥倖《ぎょうこう》に自然と頬を緩ませてしまった。

「めちゃくちゃ気持ちいい。少し温《ぬる》いけど……天然でこれだけの温度があるのって、実はすごいのかな」

湧水ではなく、きちんと温泉と呼べる温度だ。

五日振りの入浴は、心身の緊張を解してくれる。顔の前に立ち上る、白い湯気まで心地いい。

両手で湯を掬《すく》い、パシャパシャと顔を洗って大きく息をついた静夏だが、斜め後ろから聞こえてきた水音にピクッと指を震わせた。

……すぐ近くに、静夏と同じく全裸になった颯天がいなければ、もっとリラックスすることができただろう。

一人で入りたいと訴えたのだが、苔で滑って転ぶと危ないだろうと言われては、颯天を拒むことができなかった。

確かに……せっかく脚がよくなりかけているのに、剥き出しの岩で背中や頭をぶつけてしまえば、悲惨なことになる。

普段から口数が多くない颯天は、なにか話しかけてくるということもない。

風が吹く度に聞こえてくる葉擦れの音と、水音、時おり頭上を飛んで行く鳥の鳴き声だけが聞こえる空間は、奇妙な緊張を静夏にもたらした。

「石鹸《せっけん》、とか……さすがにないよな」

水洗いを覚悟していたのに、湯に浸かることができた。それだけでも幸いだと思わなければならないが、欲が出てしまう。

揺れる水面に向かってのつぶやきは独り言のつもりだったけれど、パシャ……とかすかな水音が近づいてきて焦った。

「……な、に」

「石鹸というものはないが、これで身を清めることはできる。ジッとしてろ。薬草を乾燥させたものを、布に包んである」

「っ！」

言葉の終わりと共に背後から肩の後ろを擦られて、ピクッと身体を震わせた。

肩……背中、腕……と。

少し目の粗い、ガサガサした布に肌を擦られる。時おり感じる爽やかな匂いは、颯天の言う『薬草を乾燥させたもの』の香りだろうか。

母親が好きで家のあちこちに置いてある、ポプリだったか……乾燥させたハーブの匂い袋と似たようなものなのだろう。

清涼感のある香りと、布で肌を擦られる感じは確かに心地いいけれど、たまに颯天の指が素肌に当たるのがわかって……静夏の緊張を加速させる。

湯の中で必死で両手を握り締めて、身を硬くするので精いっぱいだ。

「肌が柔らかいな。すまない。赤くなっている。……痛くないか」

「っあ！」

不意に背中に指先を滑らされ、妙な声を漏らしてしまった。

パッと颯天の手が離れていき、慌てて振り返る。

「違っ……、颯天に触られるのが嫌だったんじゃない」

「……ああ」

静夏の勢いに圧されたのか、颯天は少し驚いた顔で目をしばたたかせた。いつも淡々としている颯天の、キョトンとした顔など初めて見た。

「ごめん、くすぐったかっただけ。痛くはない。……ありがと」

目を逸らすことなくポツポツと口にした静夏に、ホッとしたように表情を緩ませる。

静夏の肌を柔らかいと言った颯天の肌は、少しだけ肌色が濃くて見るからに頑健《がんけん》そうだ。その上、肩幅や腕の太さ……長さ、胸元を覆う筋肉の質と量まで違うと、触らなくてもわかる。

衣服越しにでも感じていたことだが、こうして裸体を目にするとまざまざと違いを見せつけられるようだ。

言葉を失う静夏と同様に、何故か颯天も無言でこちらを見据えている。

「……貧相《ひんそう》だろ」

あまりにもマジマジと見られるものだから居心地が悪くなり、思わず一言だけつぶやいて、顔を背けた。

颯天とは年齢が違う、こちらはまだ成長過程だから……と自分に言い聞かせても、あと数年が経過したところで、颯天のような体格に恵まれるとは思えない。手足の長さだけでなく、骨の太さ自体が異なっている。

「そんなことは思っていない。……静夏、おまえは美しい」

「は……っ？」

数秒の沈黙の後、颯天から予想外の一言が返ってきて、ギョッと目を見開いた。明後日の方向に向けていた顔を戻して、颯天を見上げる。

美しいと言ったか？　おれを？

「なんだ、それ。そんなの初めて言われたぞ」

はは……と気の抜けた笑みを零す静夏とは対照的に、颯天は大真面目な顔だ。あまりにも真っ直ぐな瞳で見詰められ、無意味に笑うことができなくなる。

息苦しさに似たものが込み上げてきて、静夏は颯天からぎこちなく目を逸らす。

「それ、女に言う台詞《せりふ》……だろ」

「美しさに、男も女もないだろう。それに、郷の女より静夏のほうが美しいぞ。肌が白く……滑らかだ。人の子は、皆がこうなのか？　それなら……一目で母に囚《とら》われた、父の気持ちがわかる。

「さ、さぁ。……体格とか肌の色は、人種によって違うと思うけど。同級生にも、おれより色の白いヤツとかいるし」

しどろもどろに言い返した静夏だが、颯天が最後につぶやいた台詞が心の隅に引っかかった。

一目で母に囚われた、父の気持ちがわかる。

これまでも、時おり感じていた疑問の答えがチラリと見えた気がして、再び顔を上げると颯天と視線を絡ませた。

「颯天のお母さんって……鬼じゃない、のか？」

今度は、颯天が目を逸らす番だった。

膝立ちになっていた湯の中に座り込み、揺れる水面をジッと見据えて……流れてきた木の葉を指先で摘まみ上げる。

その質問には、答えたくないのかもしれない。重ねて尋ねることのできない静夏は、少し迷って颯天に向き合う形で湯に浸かった。

ふと強い風が吹き、剥き出しになった肩を撫でる。反射的に身を竦ませた静夏の肩に、颯天が大きな手で掬った湯をかけてきた。

「冷えたか。もう少し深い所で、肩まで湯に浸かれ」

「……うん。このお風呂、自然にできたものじゃない……よね。すごく気持ちいいけど」

ここまで続く石段といい、きちんと石や岩で組まれていることといい、排水溝の役割らしい溝といい……明らかに人の手が加わったものだ。

水を沸かして湯にしているわけではなく、自然と湧いてくるものを溜めているだけだと思うが、山裾にあるものとしては違和感がある。

「ああ。母が……母も、静夏と同じように湯浴《ゆあ》みを好んだ。その母のために、父が地面を掘って石を組み、造ったものだ。今は、俺しか使うものはいないが……静夏が気に入ったのなら、よかった」

「颯天の、お父さんが……」

母や父に対する颯天の口調は、今はもういない存在を語るものとしか思えない。そして、やはり颯天の母は『静夏と同じ』だとしか思えなくて……そろりと目を合わせる。

「静夏が考えているとおりだ。俺の母は、人間だ。百年近く前か……生贄として差し出され、父が惚れ込み……困った」

無表情で伏し目がちにそう語る颯天が、心でなにを思っているのか、静夏には読むことが叶わなかった。

ただ、母親は人間……しかも、『生贄』という穏やかではない状況でここに来たらしいということは「嘘だろ」と軽く聞き返すことなどできなくて、重く心に響いた。

「そういう時代だったらしい。人は、我らを鬼と呼んでやたらと恐れる。勝手なことに、若い娘を差し出して自己の保身《ほしん》を図《はか》る。……母は犠牲《ぎせい》を強いられたはずだが、幼い俺には優しかった」

「今、は……」

「俺が五つになる前に、彼岸《ひがん》へ渡った。母に惚れこんでいた父は母のいない世界に絶望し、間もなく後を追った。……母が父のことをどのように思っていたのか、今の俺には知る術もない」

生贄として『鬼』に差し出されたという、颯天の母親。異形のものたちの郷で、『鬼』に囲われて子を産み……なにを思っていたのか。

それは静夏にも、想像することさえできない。

ただ一つ。

母親のことを語る颯天が、本人が自覚しているか否かは不明だけれど、穏やかな表情をしていることだけは確かだ。

コクンと喉を鳴らした静夏は、

「なにも知らないくせに、って思われるだろうけど」

と前置きをして、ゆっくりと口にした。

「お母さんが、好きだったんだ？　颯天に、優しかった……なら、それが答えじゃないかな。子供の颯天の目に、お母さんは不幸そうに見えた？」

静夏の言葉に、颯天は弾かれたように顔を上げた。

漆黒と濃紺の瞳が、食い入るように静夏を見詰める。なにか……初めて目にする、珍しいものがそこにあるかのように。一言も発することなく、しばらく静夏を凝視していた颯天は、ゆっくりとまばたきをして視線を落とした。

そして、唇に穏やかな笑みを滲ませる。

「……いや。父が、山から持ち帰る花や木の実を見ては、幸せそうに……笑っていた。そうか。それが答え……か」

納得したかのように、小さくうなずいて深呼吸を一つ。

ふと思い出したかのように静夏の肩を両手で掴み、わずかに眉を顰めた。

「湯に浸かれ。肌が冷たい」

「う、うん」

湯に浸かっていた颯天の手が、冷えた肌にはやけにあたたかく感じて。……ドクン、と心臓が大きく脈打った。

颯天に背を向けた静夏は、胸元まで湯に浸かって右手で口元を覆う。

なんで、ドキドキしているんだ？　颯天が、穏やかな笑みを浮かべたから……だから、なんだって？

背中側から、そっと肩に湯をかけられる。

「……ぁ」

静夏がビクッと肩を揺らしたことは、背後の颯天にもわかっているはずなのに、ゆっくりと湯をかける動きを止めようとはしない。

「身体があたたまったら、湯から出よう。長く湯に浸かると、気分が悪くなる」

「ん」

唸《うな》るように短く返し、うなずくので精いっぱいだ。

喉が詰まったようになっていて、声を出そうとしたら、変に上擦ったものになってしまいそうだった。肌を伝い落ちるぬるま湯が、これまでになく胸の奥をざわめかせ、戸惑うばかりだ。

母親と、父親を……子供の頃に亡くした颯天は、どうやって生きてきたのだろうか。母親が人間だという颯天も、ここでは異端者なのでは。

奇妙な動悸《どうき》を必死で抑えようとしていた静夏が、そんなことに思い至ったのは、

「そろそろ戻ろう」

と、浴衣で身を包まれて颯天の両腕に抱き上げられ、二本の角が目に映った瞬間で。

……もう、話を蒸し返すことのできない時間が経過していた。

《七》

颯天と寝食《しんしょく》を共にするようになって一週間ほどが経つと、初めは驚きばかりだった生活にもすっかり慣れた。

慣れとは不思議なもので、今では颯天の角を目にしたところで驚くことも恐怖を感じることもない。自然とそこにあるもの……耳や手足と同じ、身体の一部という認識だ。

「なに作ってんの？」

「敷き物だ。寒くなると、土間の敷き物を二重にする」

颯天の手は、静夏よりずっと大きくて武骨な印象なのに、驚くほど器用なのだ。乾いた蔓のようなものをより合わせて、敷き物を編む。細く裂いた竹を組み、籠《かご》らしき物を作ることもあった。

「すごいな。おれ、は……やっぱり無理だな」

暇を持て余した静夏も、颯天の真似《まね》をしてみようと蔓を手に試みたものの、単純な三つ編みさえ満足にできなくて早々に諦めた。

颯天は、静夏の根気の無さを咎めるでもなくほんの少し苦笑を浮かべただけで、黙々と手を動かしている。

「敷き物とか、バッグ……っていうか籠とか、全部手作りなんだな。もしかして、箸《はし》や食器とかも？　木工もできるなんて、器用だなぁ」

　室内を見回した静夏は、すげぇ……とつぶやいて感嘆の息をつく。手先が器用とは言い難い自分には、到底無理だ。

　でも、さすがに浴衣やタオル……いや、手拭いまでは作れないのでは？

　颯天の手元をジッと見ていた静夏は、思い浮かんだ疑問をおずおずと口にした。

「浴衣とか、布は作れないよな？　どうやって手に入れてんの？　街に買い物……とか、イメージじゃないいな」

　静夏が身を寄せている颯天の住居は、閑散《かんさん》とした山裾にポツンと建つ一軒屋だ。

　鬼の郷と聞いたからには、他にも『鬼』の住む家がありそうなものだが、静夏がここに来て一週間ほどは経つのに颯天以外の『鬼』は見かけることもない。

　静夏が零した言葉に、颯天は手を止め、ゆっくりと顔を上げる。

　斜め前に座っている静夏と視線を絡ませると、少しだけ迷うような間があり……仕方なさそうに口を開いた。

「少し離れたところに、集落がある。畑で作物を育て、稲作《いなさく》もしている。機織《はたお》りで布を作り、着物を縫うものもいる。俺はこうして籠を作ったり、山で鹿や兎を狩ったりして肉と毛皮を持って行き……着物や、米や野菜といったものと交換する」

「なるほど。物々交換《ぶつぶつこうかん》か」

それなら納得だ。

さり気なく聞かされた狩猟については、あまり深く考えないようにしよう。

都会で生まれ育った静夏は、当たり前のように調理されて食卓に並ぶ肉や魚の『元の姿』に、思いを巡らせたことがなかった。

颯天には、生きるために必要な術であることはわかっているから、残酷だなどと言えない。ここにいると、今まで自分が置かれていた環境が、いかに恵まれている『温室』なのか思い知らされるばかりだ。

「仲間たちと……離れたところに、独りで住んでいるんだ？　両親がいなくなってから、ずっと？」

「……ああ。俺は、異端の存在だからな。一人での暮らしは慣れているし、特に不自由はない」

やはり、そうか。

母親が人間だから、仲間たちから距離を置いている……置かれているのだと、多くない言葉から察することができる。

不自由はなくても、淋しくはないのだろうか。

静夏が更に言葉を続けようとしたところで、颯天が玄関の方向へと顔を向けた。眉根を寄せ、険しい表情で耳を澄ましている。

いつにない緊張感を漂わせていて、話しかけることを躊躇っていると、

「静夏、奥に行っていろ。声を出さず……姿も見せるな」

こちらに顔を戻した颯天に、潜めた声でそう促される。

「え？　なに……なんで？」

わけがわからず首を傾げていると、颯天が眉間にくっきりとした縦皺を刻んだ。

「早く」

静夏の疑問に答えることなく、押し殺した声で急かしてきた。

切羽詰《せっぱつ》まった雰囲気に気圧された静夏は、うなずいて立ち上がる。直後、急な動きに右膝のあたりがズキリと痛み、グッと息を呑んだ。

「っ、静夏」

「大丈夫。……奥に行けばいいんだよね」

眉を顰めて腰を浮かせた颯天に「少し痛かっただけだから」と笑って、奥の部屋へと移動した。壁に背中をつけて、膝を抱えて座り……一、二分もしないうちに玄関扉の開く音が聞こえてきた。

「颯天。いるんだろ？　昼間から扉を閉め切って、どうした」

ずいぶんとぶっきらぼうなしゃべり方だが、これは女性の声だ。それも、親しげに「颯

天」と呼ぶ……。

ますます身を小さくした静夏は、気配を殺して土間の様子を窺う。落ち着いた調子で女性に答える、颯天の声が聞こえてきた。

「……このところ、猿《さる》がうろついているからな。侵入を防ぐためだ」

「そいつは厄介だな。しばらく顔を見せないから、これ……野菜と米を持ってきた。変わりはないのか」

「ああ。いつもと変わらん」

「ふ……ん。年寄りどもは、昔のことをいつまでもグチグチと……颯天を見張りに立てずとも、今の時代に、人の子が侵入するわけでもあるまい。贄として寄越されても、処理が面倒なだけ……っと、すまない」

「気にするな。かつて俺の母が、郷に厄介ごとを持ち込んだのは事実だ」

「それも、……結局、真偽《しんぎ》はわかっていないのだろう？　ただの偶然かもしれん」

「……さぁな」

二人の会話の意味は、静夏にはわからない。

でも、威勢のよかった女性の声が控え目なものになり、颯天がいつになく警戒を含む低い声で返していることだけは感じ取ることができた。

直接、やり取りを目にしていない……耳に神経を集中させているから、わずかな声色《こわいろ》の変化を察知できたのかもしれない。

「年寄りの目など気にせず、たまには郷に出てこい。女どもが淋しがっていたぞ。……私が、夜の闇に紛れて忍んできてもいいが？」

女性の声に、意味深な……色香のようなものが混じり、静夏の心臓がトクンと大きく脈打つ。

静夏にも感じられたのだから、間近で接している颯天にわからないはずがない。

どちらにも言葉はなく、かすかな衣擦れはなにを意味するのか……膝を抱えた腕に、グッと力を込めて奥歯を噛み締める。

静夏が必死で気配を殺しながら様子を窺っていると、普段と変わらない淡々とした颯天の声が聞こえてきた。

「間に合っている。……触れるな」

「ふん。相変わらず、淡泊なヤツだ。この籠、持って行くぞ」

つまらなさそうな女性の声に、ガタガタと玄関扉が開閉する音が続いた。

身体を縮ませて息を潜めたまま、十秒、二十秒……。

女性が戻ってこないことが確実になってから、土間に顔を出そうと思っていたけれど、颯天が静夏のいる奥の部屋へ移動してくる方が早かった。

パッと顔を上げた静夏は、視線の合った颯天にホッとして肩の強張りを解く。

「あ……あの人、人じゃないか……まぁいいや。帰しても、よかった？　友達、っていうか彼女……恋人だったんじゃ。おれが、お邪魔したならごめん」

颯天がなにも話さないうちに、しどろもどろに言葉を連ねた。

きちんと頭の中で整理せず、思いつくまま口に出したせいでよくわからない言い回しになってしまったけれど、颯天は静夏が言おうとしたことの意味を酌んでくれたようだ。

「いや……ただの昔馴染みだ。褥《しとね》を共にしたことはあるが、静夏が思うような特別な関係ではない」

「そ、そっか……」

褥……ベッドを共にしたことがあるということは、セフレか？　と、頭の中で下世話な言葉に当てはめる自分に眉を顰める。

静夏には声しかわからなかったが、女性の鬼を抱き寄せる颯天の姿が思い浮かび、胸の奥が軋むような嫌な感覚に襲われる。

ダメだ。考えるなと自分に言い聞かせて、頭から追い出した。

どうして、こんなに嫌な気分になるのだろう。颯天が誰とどんなふうにしていても、静夏には関係がないことなのに……。

静夏は、胸に渦巻《うずま》く正体不明の気持ち悪さを振り払いたくて、どうにか話題を引っ張り出す。

「あのさ、おれがここにいることが仲間に知られたら……マズいのか？」

先ほどの女性の鬼が近づいてきたことを感じ取ったから、静夏に隠れるよう促したに違いない。

そして「颯天を見張りに立てなくても、人の子が侵入するわけでもあるまい」とか、「贄として寄越されても処理が面倒」……とか。

女性の言葉と、颯天が答えた「俺の母親が郷に厄介ごとを持ち込んだ」という台詞を思い出しながら、そろりと尋ねる。

怪我をして倒れていた静夏を見つけた颯天は、当然のようにここに連れてきて手当てをしてくれた。

けれど、自分の存在は他の鬼たちに隠さなければならないもので、颯天にとって厄介な存在なのでは？

「おれ、颯天に迷惑をかけてるんじゃ」

静夏の言葉が終わらないうちに、颯天は「いや」と否定した。

「おまえが気に病むことはない。ただ……郷の者たちには、見つからないほうがいい。かつて、俺の母親が人の世界の流行り病を持ち込んだと……そう考える年寄りがいる。それに半人前の俺は、郷にとってお荷物でしかないから、ここで……人の世界との狭間から迷い込むものがいないか、監視している。贄を差し出す習慣はなくなったのか、俺がここに住むようになってからは一度も人の子が送り込まれたことはなかったが……だから、おまえを見つけた時は驚いた」

「……全然、驚いてるようには見えなかったけど」

けれど……颯天の言葉が事実なら、彼のほうも『人の子』である静夏を恐れたのではないだろうか。

いくら母親が人間だったとはいえ、今の颯天にとって静夏は突如降って湧いた異分子でしかないはずだ。しかも、かつて『人の子』であった母親が、異世界から病を持ち込んだと言われているのだから……。

「おれのこと、怖かっただろ。でも……颯天は、助けてくれた」

膝を抱えて座ったまま颯天を見上げた静夏は、どうして？　と声にならない疑問を投げかける。

唇が動いただけで言葉にはできなかった問いに、颯天が落ち着いた口調で返してきた。

「怖い、とは……少しも感じなかったな。母との出逢いについて、父から聞いていたことを思い出し……その場面を再現している気分になっただけだ」

「……どんな？」

確かめるのは怖かったけれど、聞き返さずにいられなかった。

未知の存在である『人の子』を、颯天の父親はどんな心情で迎えたのだろうか。

なにがあって、『生贄』だった女性を、妻として身近に置くことになったのか……。

無言で静夏を見下ろしていた颯天は、珍しく「どんな……とは、そうだな」と口籠もり、迷うように視線を泳がせた。

目を逸らさない静夏が、答えを聞かずには引き下がらないと見て取ってか、ふっと息をついて口を開く。

「生贄としてこちらに送り込まれたにもかかわらず、洞窟の脇に座して落ち葉の中で佇む母は、ただ……美しかったと。自らの処遇を受け入れ、父が触れても声を出すことも逃げる様子もなく、凛《りん》とした眼差しで瞳を見詰め返したのだと……そう、聞いた。あまりの潔さと美しさに一目で魅了された父は、郷の者たちの反対を押し切って娶《めと》ったらしい」

「……そ、っか」

覚悟を決めた女性の潔さと、美しさ。

それは、静夏には想像することもできない。ただ、そんな女性と自分の印象が重なるわけがないということは、確かだ。

「おれなんか、颯天のお母さんの足元にも及ばないって感じだけど」

小声で、言い返す。颯天の角を目に映した際の自分を思い出すと、あまりの無様《ぶざま》さと無礼さに頬を歪ませるしかできない。

そんな静夏を、颯天は怯えさせないよう……紳士的に接して、世話をしてくれたのだ。

なにも言えなくなった静夏に向かって、颯天は躊躇いがちに告げてきた。

「草の上に横たわるおまえは、美しかった。いや、今も……こうして傍にいるだけで、郷の女たちには感じなかった不思議な感覚を呼び覚まされる。触れてはならないと、わかっているのに……」

言葉を濁した颯天が、大きな手を伸ばしてくる。

もう少しで静夏の肩に触れる……というところで指を震わせると、グッと拳を握ってその手を引いた。

食い入るようにこちらを見据える颯天の視線が熱く、胸に渦巻く葛藤《かっとう》が伝わってくるみたいだった。

「颯天。おれ……、今は颯天のことを怖いなんて、全然思わない。証拠に、こう……しても、平気だ」

言葉では上手く伝えられる自信がなくて、自ら手を伸ばした静夏は、颯天が引っ込めた右手……固く握られた拳に、そっと触れる。

颯天はビクッと拳を震わせたけれど、静夏はその手を離さなかった。

「この手が、優しいことを……知ってる。助けてくれて、ありがとう」

ぎこちないものだったかもしれないが、なんとか笑みを浮かべて颯天に思いを伝えた。

静夏を見詰める颯天は、唇を開きかけてギュッと引き結び、恐る恐るという形容がピッタリの動きで静夏の手を握り返してくる。

手のひらが大きくて、指が長い。けれど意外なほど器用で、あたたかくて……静夏に触れる時は、いつも壊れ物を扱うみたいだ。

この優しい手が、好きだと……きちんと颯天に伝わっているだろうか。

「……静夏」

ポツリと名前を口にすると、颯天の手がそろりと肩に移動してくる。

それでも静夏が逃げる素振りを見せずにいたら、何故か泣きそうな顔になって……硬い指先が、頬に触れてきた。

ゆっくりと唇の端を指の腹が撫で、頭で考えるより先にチラリとその指先を舐める。

「っ……」

ピクッと指を震わせた颯天は、肉眼《にくがん》では見えないバリアーに弾かれる様に手を引いてしまった。

静夏はそこでようやく、自分がなにをしたのか悟る。

「あ、れ……なんか、変なこと、した……かも。ごめん。なんだろ、おれ……っ」

自分がなにをしたのか、わからないわけではない。ただ、なぜあんなことをしてしまったのか不可解で、惑乱したまま「ごめん」と繰り返す。

「謝罪しなければならないのは、俺のほうだ」

「え、なんで……ッ！」

どうして、颯天が謝罪を……と聞き返そうとしたけれど、続く言葉を封じられた。

目を開いているのに、影に覆われているように視界が暗く、唇に触れているのは……颯天の……キス、か？

予想外のことに静夏は硬直するのみで、身動ぎ一つできない。

押しつけられた唇は、すぐに離れていく。目前にいる颯天は、どこかが痛むような顔で静夏からほんの少し目を逸らした。

その唇が震えて、きっと「すまない」と謝罪を重ねるつもりだろうとわかったから、静夏は首を左右に振って颯天の言葉を制した。

「あ……謝らなくて、いい。嫌じゃないから」

勢いのまま口にして、ようやく自覚した。

颯天に触れられることは、嫌ではない。嫌どころか、胸の奥がじわりと熱くなり、もっと触れられたいと望んで……いる？

「ほんとに、嫌じゃない……颯天」

颯天が着ている着物の袖口を掴み、懸命に訴える。

驚いたように静夏を見ていた颯天は、グッと表情を引き締めて袖口を掴む静夏の手をそっと外させた。

「……よせ。おまえは、俺に対する恩義《おんぎ》を好意と混同しているだけだ」

目を逸らし、淡々とした口調で、静夏が告げた「嫌じゃない」という言葉の意味は『好意』ではなく『勘違い』なのだと、言い聞かせようとする。

どうして颯天が、静夏の感情を分析して決めつけるのだろう。

「颯天」

もどかしくて堪らなくなり、名前を呼ぶ。

それは、自分でもおかしくなるくらい頼りない響きで……それほど颯天に目を逸らされたことがショックなのかと、目の前に突きつけられたみたいだった。

硬い表情の颯天は、感情を押し殺したような声で言う。

「……怖がらせたくなくて黙っていたが、郷の者たちには姿を見られないように気をつけろ。おまえが人の子だと……特に茅野の血を引いていると知られたら、無事では済まないだろう。歩けるようになれば、すぐにでも『アチラ』に戻ったほうがいい」

一方的に話し続ける颯天に、静夏はゆっくりと首を左右に振る。

そんな言葉が聞きたいのではない。

「なんで、キスなんかしたんだよ。あんな……触れられなかったら、気がつかなかったかもしれないのに……」

颯天のせいだと、泣きそうな声で続ける。

触れられるのが嫌ではないと、この手に触れられたいのだと……知ってしまった。

なのにどうして、静夏に自覚させた颯天自身が逃げようとするのだろう。

「颯天っ」

一度は拒まれた手を、再び伸ばすのは怖かった。でも、このどこか甘く息苦しいような不可解な感情を受け止めてくれる存在は、颯天しかいない。

勇気を振り絞って手を伸ばした静夏は、颯天が着ている着物の襟元をギュッと握り、身を寄せる。

「……颯天。颯天。……聞こえてる？　颯天っ」

それ以外の言葉を忘れたかのように、胸元に額を押しつけて、ただひたすら颯天の名前を繰り返す。

なにを言えばいいのか、わからない。

この衝動の理由を、説明できるはずもなく……瞼を閉じて、「なにか言ってよ」と消え入りそうな声で懇願した。

突き放されたら、どうしよう。

やめろと、背を向けられてしまったら……と考えただけで、底の見えない深く暗い穴に落ちていくような、絶望感が込み上げてくる。

「どうして、おまえは……それほど真っ直ぐに……」

長い沈黙を破り、颯天が小さくつぶやくのが聞こえる。頭に触れた手に顔を上げるよう促されて、恐る恐る颯天を仰いだ。

「静夏……俺は、おまえが『鬼』と呼ぶ身なんだぞ」

「うん……怖くないよ」

苦しそうな目をしている颯天の髪を軽く撫で……少しだけ迷い、スッと伸びた角に指先で触れる。

一度、ほんの少し指先で触れた時にも思ったが、固く乾いている。

静夏は写真でしか見たことのない、象牙と似通った色と質感は……剥き出しの骨を連想《れんそう》させた。

「初めて目にした時は、驚いたけど……角も、黒と紺の瞳の色も綺麗だ」

「静夏」

静夏の手首をギュッと握り締めた颯天は、迷いを拭いきれないようだ。手首に絡む指先がかすかに震えていて……静夏は、小さな声で胸に渦巻くこの感情を表すのに一番適しているだろう言葉を告げた。

「好きだよ。颯天。たとえ、おれと少しだけ違っていても……」

「っ」

鬼とは口にすることなく、自分たちの『違い』は、想いを告げるのに障害とはならないのだと伝える。

こちらを見据えたまま難しい顔をしていた颯天は、詰めていたらしい息を細く吐いて、掴んでいた静夏の手首を放した。

離れていってしまうのかと、絶望感が押し寄せてきて……顔を伏せようとした瞬間、長い両腕で強く抱き込まれる。

「静夏。おまえのために、触れてはいけないと……わかっているのに」

「そんなの、おれのためじゃない。もっと……触ってよ」

静夏は、颯天に「好きだ」と告げた。

でも、颯天は同じ言葉を返してくれなかった。

ただ力強い抱擁は息苦しいほどで……それが颯天の想いを表しているみたいだ。

颯天の背中に腕を回した静夏は、ギュッと着物の生地を握り締めて「離さないから」という意思表示をした。

□□□

室内は薄暗く、夕闇が迫ってきていることを感じさせる。

ふと顔を上げた颯天が、静夏に覆い被さっていた身体を離そうとしていることに気づいて慌てて手を伸ばす。

「颯天……」

着物の袖口を掴み、自分でも耳を塞ぎたくなるような、頼りない……泣きそうな声で名前を呼んでしまった。

きっと今の静夏は、声だけでなく表情も泣き出しそうなものになっているはずだ。情けないと、恥ずかしいとも思うのに、離れていかないよう颯天に目で訴える。

「明かりを灯すだけだ。……静夏を見たい」

「っ……うん」

子供に言い聞かせるように口にした颯天が、ポンと頭に手を置く。静夏は小さくうなずき、颯天の袖から手を離した。

ここに電気はないので、照明は小皿に注いだ油を使う。静夏の乏しい知識では、それをなんと呼ぶのか知らないが、液体の蝋燭のようなものだろうか。

皿から伸びた芯に、マッチで灯した火を移し……頭の上あたりに置くと、二人の周りが橙色の明かりに包まれる。

煌々《こうこう》としたＬＥＤ照明に慣れていた静夏の目には、初めは心許ない光に映っていたけれど、颯天が見えるから……今ではこの光源で充分だと感じる。

「触れられて嫌なところがあれば、すぐに言うんだ」

「……そんなの、ない」

不安そうな颯天に両手を伸ばして、肩を引き寄せる。

自分とは比べようもなく厚みのある肩は、実用的な筋肉に覆われている。力の差も歴然《れきぜん》としているのは明らかで……きっと、静夏の手足を折るくらいは容易い。そのせいか颯天は、恐る恐るという表現しかできない触れ方をしてきて、……くすぐったい。

「くちづけを」

「うん。……したい」

遠慮がちな一言に、小さくうなずく。

拒んでいないという証拠に、颯天の首に手を回して頭を引き寄せた。瞼を伏せると、そっと唇を押しつけられた。

やわらかく、ただ優しく触れてくる。

そんなに気を遣うなと、もどかしくて堪らなくなり、チラリと舌先を伸ばして颯天の唇を舐めた。

「ッ……」

「ん、ぁ！」

ビクッと肩を震わせた颯天は、ほんの数秒逡巡《しゅんじゅん》していたようだけれど……静夏の唇をこじ開けるようにして、自らの舌を差し入れてきた。

濡れた舌が絡みつき、口腔の粘膜《ねんまく》をくすぐる。

「っ、ふ……っ、んぅ……」

悪寒に似たものがゾクゾクと背筋を這い上がり、初めて知る感覚に戸惑う静夏は、無意識に身体を強張らせた。

どうしよう。頭が、ぼんやりとしてきた。

クラクラして、床の敷き物に身体を横たえているはずなのに、不安定なところで立っているみたいだ。

颯天の背中に手を回し、しがみつくことで安定を得ようとする。

きっと、あからさまに物慣れない静夏に迷いが生じたのか、貪るような口づけが解かれる。

「……静夏。全部、触れてもいいか」

「う、ん。颯天の手、好きだ。大きくて、あたたかくて……優しい」

唇を離して尋ねてきた颯天は、まだ迷いと不安を滲ませた目で見下ろしてくる。だから静夏は、その手を取って自らの襟元へと導いた。

「乱暴なことはしない」

低く宣言すると、浴衣を掻き分けるようにして大きな手が肌に触れてきた。

はじめは遠慮がちに、少しずつ大胆になり……肌の感触を楽しむかのように、手のひら全体で胸元を撫でる。

ざらりとした硬い指先は、そこに颯天の手があることを静夏に知らしめるようだ。

「ン……っ、ぁ」

誰かに触れられることが、こんなに心地いいなんて……知らなかった。心臓の鼓動はうるさいくらいなのに、怖いから触らないでほしいとは思わない。

静夏の身の内に潜む熱を、颯天の手が次々と掘り起こして煽り立てる。

「脚を……」

「ん、……ッ！」

促されるまま膝の力を抜くと、腿の内側に押しつけられた颯天の手が、少しずつ脚のつけ根に向かって這い上がって行く。

息を詰め、大きな手が次にどこに触れるのか……身体を硬くして待つ。

「ぁ……」

腿のつけ根で一度動きを止めると、半ば反応していた屹立をやんわりと手の中に包み込んだ。

ビクッと腰を跳ね上げさせた静夏は、唇を噛んで羞恥《しゅうち》に耐える。

「嫌がってない……な」

「い、嫌じゃ、ない……って言ったろ」

キスと、ほんの少し触れられただけで熱を帯びていることを知られるのは、ものすごく恥ずかしい。

「颯天の手、どこに触っても……気持ちいい、から。……わかるだろ」

でも、静夏の屹立を手の中に包む颯天が、静夏の言葉が偽《いつわ》りではないことにホッとしていることが伝わってくるから、触るなと言えない。

複雑な心情で、颯天に身を預ける。

「ああ。……ここが、教えてくれる」

「ん！　ぁ……あっ、ッ」

颯天は、絶妙な力加減で静夏の屹立に指を絡みつかせてきて、そこから波紋《はもん》のように熱が広がる。

こんな心地よさ、知らなかった。

「颯……天。ぁ、そ……れっ、ゃ」

「嫌か？」

「違っ、う。おればっか、変にな……っ、ぁ、あ！」

見当違いな気遣いに、頭を左右に振る。

もっと……もっと、触ってほしいと、身体の奥から際限《さいげん》なく淫《みだ》らな欲が湧き上がる。

自分だけ乱れた姿を見せるのが嫌で、颯天の着物を掴んでいた手を下腹部へ伸ばした。

手のひらに伝わってくる硬い感触にホッとする間もなく、颯天の手が静夏の手首を掴む。

「……っ、静夏。よせ」

「なんで？　おれだけじゃない……て、わかって嬉しいけど。おれも、触りたい……から」

引き離されるものかと、颯天の手を振り払って着物の内側へと指先を滑り込ませた。

……すごい。手の中に包み込もうとしても、静夏の指では持て余すサイズだ。

「……男同士がどうするのか、なんとなく知ってるけど」

これは……無理かもしれないと怖気づきそうになった静夏に、颯天が大きく息をついて表情を曇らせる。

「もともと、静夏に無理を強いる気はない。……そうだな。そのまま、手を……」

初めからそんなつもりではなかったと聞かされて、自分でも捻くれていると思うが……逆に、その気になった。

どうとしてでも完遂してやろうと、颯天の屹立を指でキュッと締めつける。

「手だけじゃなく、する……から。おれは、颯天を拒まない。全部……受け入れるって、証明する」

「意固地《いこじ》になるな。俺はそこまでしなくても」

「やだ。おれは……したい。試してみるだけでも」

ゆるゆると手を動かしながら主張する。颯天に指摘されたとおり、意地になっていると自分でもわかっているけれど、したくなさそうな颯天の言動は受け入れ難い。

「……意地っ張りめ」

「ん……ごめん」

静夏が強要している気分になり、ポツリと謝る。颯天は、仕方なさそうな苦笑を浮かべて静夏の唇に触れるだけのキスをした。

「俺が暴走しかけたら……蹴ってでも、逃げろ」

「逃げない」

静夏が即答すると、苦笑を深くして息をついたけれど、互いに触れた手はそのままで。拒まれているわけではないのだな、と……ホッとした。


「ぁ、も……いい。颯天、それ……もう、嫌……だ」

長い指が身体の奥に挿入されて、どれくらい時間が経ったのか……感覚があやふやになっている。

油脂のようなものを指で静夏の後孔に塗り込み……颯天の指を二本、容易に受け入れられるようになるまで執拗《しつよう》に馴染ませられた。

「お願い、だから。颯天……っ」

これ以上焦らされると、どうにかなると訴えて、颯天の腕を引っ掻く。

快楽も、過ぎれば苦痛に近いのだと初めて知った。

それでもまだ迷いをのぞかせる颯天の頭を両手で掴み、自分に引き寄せる。

漆黒の瞳、濃紺の瞳……左右どちらも熱っぽく潤み、食い入るように静夏を見ている。

欲しくないなどと、言わせないからな……と視線を絡ませた。

「おれのこと、欲しくない？　求めてるのは、おれだけ？」

不安を滲ませた静夏に、颯天は眉間に薄く皺を刻んで「いや」と低く答える。深く挿入されていた二本の指をゆっくり引き抜かれて、ビクッと腹筋を震わせた。

「どうしても無理そうなら、言うんだ」

「……ん」

颯天の言葉に素直にうなずいて見せたけれど、指に代わって押し当てられた熱塊の質量は、自分の手で知っているだけに本当は怖かった。

でも、颯天が欲しいのは紛れもない本音で……震えそうになる手を握り締める。

「静夏。手は……ここだ。引っ掻いても、噛みついてもいい」

そっと颯天の肩にその手を誘導され、もう強がることはできなくてギュッと掴んだ。静夏が身構えないように……か、予告することなく粘膜を掻き分けて熱塊を含まされる。

「ぁ……あ、ッ……んっ！」

熱い……痛い、というより苦しい。腰から下の感覚が鈍くなり、耳の奥で鼓動が荒れ狂っている。

颯天が気に病むとわかっているのに……手の震えを止められない。

「っ……すまない。……静夏」

「平気、だ……やめたら、怒る」

半ばまで挿入したところで腰を引きかけたのを察して、颯天の肩に爪を立てた。精いっぱいの虚勢を張って睨みつける。

苦しいのは確かだけれど、嫌なわけではない。これでは足りないと、颯天の首に腕を巻きつけて引き寄せた。

「いい……よ。颯天が、欲しいだけ……だ」

耳の下あたりに噛みついて、チラリと舌先で肌を舐める。背中を震わせた颯天が息を詰める気配が伝わってきて……グッと圧迫感が増した。

「っん……ぁ、熱い……颯、天」

「おまえのほうが、熱い。……熱に包まれて、融けそうだ」

ふっと、熱っぽい吐息を感じる。

自分だけが惑乱しているわけではないのだと体感して、これが欲しかったのだ……と、泣きたいような気分が身体の奥底から湧き上がってきた。

「……きだ。颯天。この、角も……好きだよ」

頭を抱く指先に固い角の感触が伝わり、そっと撫でる。不安そうな顔を隠せていない颯天に小さく笑い、「本当だ」と、そこに口づけた。

「静夏……静夏っ」

身体を震わせた颯天が、上半身を起こして静夏の腰を強く掴んで、じわじわと抽挿を始める。

「……っ、あ！」

苦しい……のに、熱に混じり、奇妙な甘い疼《うず》きが呼び覚まされる。

苦痛に耐える覚悟はしていても、こんな未知の感覚を受け止める心構えはできていなかった。

「ゃ、颯天……っ、なんか……熱、い。ど……しよ。なんで、こんな……っ」

「……苦痛でなければいい」

乱れた姿を見せるのは怖いのに、颯天は「静夏はどんな姿でも美しい」と顔を背けることを許してくれなくて、容赦《ようしゃ》なく静夏を追い詰めようとする。

「もう……、溺れ……る」

熱の奔流《ほんりゅう》に巻き込まれて、耽溺《たんでき》する……と。

しゃくり上げるようにして訴える静夏を、強く腕に抱いて繋ぎ止めてくれる。

「颯天……っ、ぁ、あ……ぃ、く。ダメ、だ……っ」

「ん……いいから我慢するな」

静夏が限界を訴えると、颯天の手が宥めるように背中を撫で下ろす。

「あ、ぁ……っっ」

下腹に擦りつけていた屹立を、大きな手で追い上げられて……グッと息を詰めると同時に、視界が白く染まった。

「ふ……はっ、は……ぁ、……ッ、ん」

初めて知る過ぎた快楽に、荒く息をついて子供のように涙を零すことしかできない静夏が落ち着くまで、颯天は黙って腕に抱いていてくれた。

身体が熱を帯び、鼓動が増して……同じ快楽を得る。

思うように共有できたかどうかわからないけれど、颯天の心臓が鼓動を速くしているのは伝わってきて、熱の余韻が残る熱い背中に手を回した。

「随分と無理をさせただろう。この細い身体で、俺を懸命に受け止めて……」

「大丈夫、だって。なんか、気持ちよくて……真っ白になった」

だから後悔するな、と。広い背中を軽く叩き、謝罪の言葉を封じる。

静夏自身が望んだのだ。謝られたくなどない。

「そうして、笑うんだな。……静夏。おまえが……愛しい」

どんな言葉で表現しようかと、迷うような間があり……ポツリと不器用に告げてくる。

少しぶっきらぼうな「愛しい」が嬉しくて、胸の奥が甘く……痛い。何故か泣きそうな心地になり、颯天の肩に頭を押しつけて顔を隠した。

「……うん」

いつまで、こうしていられるのか……と。

頭に浮かんだ不安を無理やり追いやり、互いの体温を感じられる『今』に浸《ひた》った。

《八》

箍《たが》が外れる、とはこのことだろうか。

一度互いのぬくもりを知ってしまうと、手を伸ばすことに躊躇いがなくなった。

これまで、微妙な距離を保っていたのが嘘のように、朝から夜まで……夢の中でさえ、ピッタリ寄り添う。

力強い腕に包まれて互いの体温を感じながら眠り、朝陽の中で顔を合わせて「おはよ」と笑い合い……颯天に抱かれて温泉に入るのは、至福《しふく》の時間だった。

もともと静夏は淡泊な性格で、請われて男女交際をしたことはあっても他人と触れ合いたいと思うことはなかった。

短期間で去った彼女たちは、一様に「茅野くんは、私を好きなわけじゃないもんね。無理してつき合ってくれなくていい」と淋しげに言い置いて、手を繋ごうともしなかった静夏を言外に責めた。

自分でも冷たいと思うが、相手に触りたいという衝動を感じなかったのは事実だから否定もできず、背中を向けた彼女たちを呼び止めることもなかったのだ。

それが、今は……我ながら別人のようだと思う。

腰まであたたかな湯に浸かり、揺れる水面に視線を落とす。組み上げられた無機質な岩と付着した苔を見ていると、肩を並べた颯天に名前を呼ばれた。

「静夏」

「ん……？　っ……くすぐったい。んっ、もう……いいって。今度は、おれが颯天にお返しするから、貸して」

背中を薬草の袋で擦られて、くすぐったさに肩を竦ませて逃げる。颯天から受け取った薬草の袋を、静夏は筋肉の張り詰めた広い背中に押し当てた。

「大きな背中。……おれの貧相さが際立つな」

「……おまえはそれでいい」

ふと、強く吹き抜けた風が肩を撫でた。颯天が振り向いて「冷えるぞ」と両腕の中に静夏を抱き込み、湯に身を沈める。

「お母さんがいなくなってから、ずっと……ここで、独りきりで湯浴みをしていた？」

「ああ。郷の者たちは、ここには近づかん」

「淋しい、とか……思わなかった？」

集落から離れた一軒屋で過ごし、孤独を感じなかったのだろうか。幼い頃の颯天の面倒を見てくれた人……鬼は、いたのか。ずっと気にかかっていたことを、ポツポツと尋ねる。

しばらく無言だった颯天は、静夏の身体に巻きつけた腕に少しだけ力を込めて言葉を返してきた。

「九つ、十になる頃までは……父の妹が、たまに様子を見に来てくれた。先日、うちを訪ねてきた椛《もみじ》……父の妹の子だが、彼女も月に一、二度は顔を出すしな。淋しいと……感じたことは、なかったが」

背後から抱き込まれているせいで、颯天の顔は見えない。淡々とした口調は、なにも感じていないかのようで……でも、最後の一言が引っかかった。

「なかった、が？」

過去形で語るそれは、今は、そうではないみたいな言い回しだ。

小声で聞き返した静夏に、颯天はそっと答える。

「おまえといると、胸があたたかくなる。静夏に逢い、寝食を共にして、こうして腕に抱くまで……淋しいという感情など、知らなかった」

静夏が、颯天に『誰かと過ごすことのぬくもり』を教えた。そのせいで、『淋しい』という思いを知ってしまった。

静夏の胸の奥から、愛しさと切なさと……申し訳なさに似た寂寥感が込み上げてきて、複雑に絡み合う。

「今は、こうしておれが一緒にいるから、淋しくないだろ」

淋しさを知らなかったというよりも、訴えても受け止めてくれる相手がいないから淋しいと感じないように、無意識に目を背けて気づかないよう自衛していたのだろう。

子供の頃の颯天に逢えば、抱き締めてあげられるのに。現在の静夏では、ただ抱かれるしかできないことが、もどかしい。

「……そうだな」

ふっと颯天の吐息が耳元をくすぐり、身体に巻きつけられた腕に更に力が増す。

少し苦しいけれど力強さは颯天の想いであり、淋しさを誰にも訴えられなかった、幼い颯天に抱きつかれているような錯覚さえ生まれて……動けない。

「ずっと、一緒にいるよ。そうしたら、淋しさなんか忘れる」

「…………」

颯天からの返事はなかったけれど、抱き寄せられている腕が離れていかないことが答えだろう。

……自分が、こんなふうに誰かと片時も離れずにいたいと望む日が来るなんて、考えたこともなかった。

「そろそろ、脚は……全快か？」

「う、うん。もうちょっと……かな。段差とか、まだ痛くて怖いし。このお風呂も、颯天に抱いてもらわないと来られない」

湯の中で脚に触れながら問われて、咄嗟に嘘をついてしまった。

本当は……もう、全快と言っていい状態になっている。

颯天が不在の時に家の中で跳んでみたけれど、ほんの少し違和感があるだけで歩行に問題はなさそうだった。屈伸《くっしん》も、苦もなくできるくらいだ。全力疾走は難しくても、小走り程度なら可能だと思う。

でも、治っていると言えば……颯天は、静夏を『アチラ』の世界に送り返そうとするかもしれない。

静夏は、家族やこれまでの生活を捨ててもここでずっと颯天と共に居たいと思っているけれど、颯天の口から「この先」を聞かされたことは一度もないのだ。

だから、静夏の脚が治ればどうするのか、尋ねるのは怖かった。結果、ズルいとわかっていながらまだ治っていないふりをして、颯天に甘えている。

「……っ」

「颯天？」

静夏を抱いている颯天の腕が、ビクリと強張るのを感じた。

どうしたのだろう？　と顔を上げた直後。

「……颯天、ここか？　家にいないと思えば……母上の影響か、おまえは本当に湯浴みが好きだな」

女性の声が耳に飛び込んできて、ドクンと心臓が大きく脈打った。

颯天の腕に抱かれた静夏は、大きな背が目隠しになっていることもあり……石段を下りてきた彼女の目に、入っていないのだろう。

背中に触れる颯天の胸元からも、トクトクと速い心臓の音が伝わってくる。

「ジジイからの伝言だ。鹿が一頭、欲しいらしい。あと、大きめの竹籠を……」

早口で話していた女性の声が、ふと途切れる。

静夏の存在に……気がついた？　それとも、一言も答えることなく振り返りもしない颯天に、違和感を覚えたのだろうか。

「颯天」

硬い声で名前を呼ばれた颯天は、ゆっくりと息を吐いて短く答えた。

「なんだ。覗き見か」

珍しく冗談めかした調子だったけれど、女性は笑うこともなく疑念をぶつけてきた。

「どうして、背を向けたままでいる？　女を連れ込んでいるわけでもあるまい」

「……野暮《やぼ》だな。そう思うなら、邪魔をするな」

「なんだと……誰だっ？　この湯は、特別な場だろう。私でさえ、共に湯浴みすることを拒むのに……っ！」

パシャッと、大きな水音が響いて肩を竦ませた。バシャバシャ、水飛沫《みずしぶき》を上げながら近づいてくるのがわかる。

逃げ場は……ない。この状況で、身を隠すのは不可能だ。

全身を強張らせて息を詰める静夏を、颯天は力強く抱き寄せる。

「なに……っ、人の子ではないかっ。どういうことだ、颯天！」

回り込んだ女性は、正面から静夏を見下ろして驚愕の声を上げた。

颯天に抱かれている静夏が人間だということは、角がないことと……彼らに劣る体格からも、一目瞭然だったに違いない。

「これは……なにがあった。……颯天！」

声は聞いたことがあったけれど、初めてその姿を目にした女性の鬼は、一言で表すならば……美しかった。颯天も美形だと思うが、彼女も頭に生えた角さえなければ絶世の美女と言ってもいい。

静夏は女性の長い黒髪と紫紺の瞳を、声もなく見詰め返すしかできない。

「一月ほど前に、迷い込んできた。怪我を負っていたから、手当てをしただけだ。単身の迷い子を保護したところで、問題はないだろう」

「ないわけあるかっ。洞窟を監視して、人の子の侵入があった際に報せるのが、おまえの役目だろう。どうして長《おさ》に報告しなかった？　存在を隠し……匿《かくま》うのは、何故だ」

「…………」

颯天は、答えない。

そうして颯天が黙り込んだことで、女性の視線が静夏へと移った。

膝上まで湯に浸かり、髪を乱して激昂する彼女はやはり美しく……感情を荒らげる理由は、静夏には薄っすらと察せられた。颯天の腕が、庇《かば》うように静夏を抱き込んでいるせいで、険しい顔をしているに違いない。

「……長に報告する。見逃せないからな」

「待て、椛。間もなく『アチラ』に帰すつもりだったんだ。今、報告しなくとも」

「帰す？　真《まこと》か？　……そんなふうに、腕に囲いながら？」

返す言葉がなかったのか、颯天が口を噤み……女性は、キュッと唇を噛んだ。泣きそうな顔をしたのは一瞬で、バシャバシャと湯の中を歩き出す。

「例外は認めん。私は……許さん」

脇を通り抜ける際、静夏を睨みつけて言い残した最後の一言が、きっと彼女の本音なのだろう。颯天が、人間を……というよりも、自分ではない誰かを抱いて庇うのが許せなかったに違いない。

颯天は気づいているのか否か、静夏には椛と呼ばれた女性が颯天に向ける想いが、痛いほど伝わってきた。

それはきっと、静夏が彼女と同じ想いを颯天に抱き、焦がれているから……。

女性が去り、シン……と沈黙が落ちる。

静夏は、どう話しかければいいのか迷い、何度か口を開いては噤み……と繰り返して、ようやく言葉を発することができた。

「颯天」

長い腕の中に抱かれたまま、小さく名前を呼びかける。数秒の間があり、頭上でポツリと颯天の声が答えた。

「……大丈夫だ。俺が護る」

「そうじゃなくてっ」

静夏は、自分の身を案じているわけではない。

いや、他の鬼に存在を知られるとどうなるのか、怖くないわけではない。

けれど……静夏を隠していたことで、颯天が激しく叱責されるかもしれないと思えば、そのほうが不安だった。

静夏が、なにを不安がっているのか颯天には伝わっていないようだ。大きな手が肩を包み込み、落ち着いた声で宥められる。

「おまえは心配しなくていい」

「でも、おれは、どうすればいい……？」

「気に病むな。なにがあっても、……俺の全身全霊で護ってみせる」

違う。一方的に、颯天に護ってもらいたいわけではない。
静夏にもできることがあるのなら、どうすればいいのか教えてほしいのに……颯天は、
それきり固く口を閉ざして、なにも答えてくれなかった。

□□□

「映画か、時代劇みたいだ」
周囲を見回した静夏は、ポツリとつぶやいた。
けれど、目に映るのはゴツゴツとした岩や小石混じりの土ばかりで、これは紛れもない
現実なのだと突きつけられる。
自然の岩をくり抜く形で洞《ほら》を作り、岩牢《いわろう》としているようだ。天井が低く、三方が灰色の
壁に囲まれている。土が剥き出しの地面には、申し訳程度に薄いゴザが一枚だけ敷かれて
いるが、クッション性は皆無なので尻や足が痛い。
唯一開けた前方は、擦り抜けるだけの隙間がない格子で覆われていた。出入り口の小さ
な扉には閂《かんぬき》がかけられていて、内側からは外せないようになっている。
「夜……か」
視界が少しずつ暗くなり、薄闇に覆われていく。

颯天と引き離されてここに投獄《とうごく》されてから、二度目の夜が迫っていた。

「颯天は、どうしているんだろう」

温泉を出たところで、大柄な颯天より更に長身で屈強《くっきょう》な体格の鬼たちに囲まれて引き離されたのだ。

颯天は抗っていたが、複数の鬼たち相手ではどうにもできなかったようだ。静夏は、容易く拘束されてこの岩牢に連れてこられ……以来、颯天とは逢えていない。

朝と夜、食事を運んでくる鬼に「颯天は？」と尋ねても、静夏とは目を合わせることなく木製の盆を置いて行くのみで、颯天がどこでどうしているのか知る術はない。

「あの、椛って人の言葉はわかったんだから……おれの言うことが、通じてないわけでもないだろうし。話しちゃいけない決まりでもあるのかな」

この二日、静夏はわずかな水を口にするだけで食物を断っている。

鬼たちから差し出される食事に、手をつける気にはなれないのだ。

「お腹が空いた、って感覚もないしなぁ……」

鬼たちが、自分をどうする気なのかもわからない。あの場で危害を加えられなかったからといって、楽観視することはできないだろう。

地面に視線を落として息をついたところで、小さな扉が開いた。

ハッと顔を上げた静夏の目に、屈み込む大きな鬼の影が映る。

握り飯と水の入った椀を差し入れられ、朝に置いて行った……静夏が手をつけていない盆が、引き上げられる。

すぐさま閉じられた扉に縋りつき、鬼を見上げた。薄暗いけれど、この距離なら相手の表情も見て取ることができる。

「いつまで、ここにいればいいんだよっ？　颯天はどうなってんの？」

「…………」

やはり、無言だ。

けれど、声が聞こえていないわけではない……言葉が理解できているという証拠に、チラリと静夏を見遣り、すぐさま背を向けて去って行った。

これまでとの違いは、ほんの一瞬とはいえ目が合ったことくらいだ。

「ちくしょ……取りつく島もない、ってこのことだろうな」

この郷の鬼たちは、総じて整った容姿をしている。

身体は大きく筋肉質だが、二メートル以上も身長があるわけではない。頭に生えた二本の角さえなければ、人間の世界にいても違和感はないだろう。

「そんなに、違いを感じないいんだけどな……」

静夏から見れば、異形の『鬼』だ。

でも、彼らからは……静夏のほうが異形であり、得体の知れない存在として警戒されている。

喉の渇きを覚え、木の椀に注がれている水を口に含んだ。

綺麗な三角形ではなく、ただ米を握り固めた……という形状の握り飯は、やはり手を伸ばす気になれない。

颯天が作ってくれたお握りは、サイズは巨大だったが見事な三角形だった。あれはきっと、母親に習ったのだろう。

起きている時も、眠っていても、思い浮かぶのは颯天のことばかりで……ただ、恋しさを募らせる。

「静夏、見つけた！」

だから、その声が耳に入ってきた時は、とうとう幻聴まで聞こえるようになってしまったのかと思った。

目の前の、木製の格子に映る大きな影も、幻覚かと……。

「……静夏っ。今、出してやるから」

ガタガタと閂が外れる音に、幻聴や幻覚ではないのか？　と……忙しないまばたきを繰り返す。

陽が落ちているせいで、目に映るものはすべてぼんやりとしている。でも、言葉もなく抱きすくめてくる力強い腕は、確かに颯天のものだとわかる。

恐る恐る手を上げた静夏は、颯天の背中をそっと抱き返して震える唇を開いた。

「……颯天?」

「ああ。遅くなって、悪かった。ようやく、監視の目を掻い潜って……抜け出す際、少しばかり手荒なことをしたから、俺がいないことは早々に気づかれるだろう。すぐ、ここを出たほうがいい」

颯天も、別の場所で監禁されていたのかもしれない。不穏《ふおん》なことを口にして、静夏を抱き寄せていた腕の力を緩ませる。

「慌ただしくてすまない。頭をぶつけないよう、気をつけろ」

「え……うわっ」

早口でそう言った颯天は、静夏をひょいと左肩に担ぎ上げると、背中を屈めて牢の扉を出る。

言葉もなく歩を進める颯天に、自分で歩けるから下ろしてくれと言い出せる空気ではない。なにより、静夏の重さなど感じていないかのように、早足で歩き続ける。

どこへ行こうとしている……など、どうでもいいか。颯天が、ここにいる。それだけで充分だ。

「本物だ。颯天」

もしかしたら、二度と逢えないのではないかと……颯天が酷い目に遭っているのではな

いかと、怖いことばかり考えていた。

でも、見える範囲に怪我を負っているようではないし、静夏を担いで歩く足取りも力強いものだ。

「颯天……無事でよかった」

小さく口にして、安堵の息をつく。

静夏の声は、間違いなく颯天の耳にも聞こえていたはずだ。けれど、答えはなく……静夏の身体を抱く腕に少しだけ力が増して、明確な目的地があるのか迷いなく歩き続けた。


静夏を岩牢から連れ出した颯天は、ずいぶんと長く歩き続けた。

ようやく颯天が足を止め、ゆっくりと地面に下ろされた静夏は、月明かりを頼りに視線を巡らせた。

「ここ……って？」

山裾だ。崖《がけ》になっている斜面は、茂った草や低木で覆われている。

颯天の家がある場所も山裾だったが、通り道を含めて家の周囲はきちんと草が刈り込まれていたし、もう少し拓けていた。

対してここは……草の丈が長く、獣道さえ見て取れないので、日頃誰かが立ち入ることのない場所だろう。

どうして、こんなところに自分をつれてきたのだろう？　ここに、なにがある？

疑問ばかりの静夏に、颯天はここにやって来た目的を語った。

「少し登ったところに、洞窟がある。奥深くまで伸びていて……俺たちは、途中で長の張った結界に阻まれる。だが、人の子の……茅野の血を引くおまえなら、そこを抜けて人の郷に出られるだろう」

「……っ！」

静夏は身体を震わせて、弾かれたように颯天を見上げた。

颯天は……斜面を見上げたままで、静夏と目を合わせようとしない。

洞窟がある？　そこを抜けて、帰れと……言った？

「は、颯天は？　なぁ……おれだけ、そんなよくわかんない洞窟に入れって？」

颯天の胸元に縋りつき、情けない台詞を口にする。

それでも颯天は静夏を見てくれなくて、ポツポツと話し続けた。

「俺の母親も通った……静夏も、通って来た道だ。結界は、茅野の血を有するおまえなら抜けられるはずだ。……この世界とおまえのいた世界では、時間の経過が異なるようだし……戻っても、楽に生きられるかどうかわからない。だが、ここにいれば酷い目に遭うのがわかりきっている。男どもの慰み者にされるか……もっと……」

「颯天っ！　おれを見ろよ！」

焦れた静夏が襟首を掴んで激しく揺さ振ると、ようやくこちらを見下ろしてきた。

漆黒の右目、濃紺の左目は……感情を窺うことのできない、凪《な》いだものだ。

「一緒に、行ってくれないんだ？　颯天と一緒なら、どこでも……どんなことでも耐えられるのに」

「俺は、共には行けんだろう」

ザッと風が吹き抜けて、二人の髪を乱す。

どうして、微笑を浮かべているのだろう。どうしてそんな諦め切った顔をしているのだろう。

静夏だけが、足掻こうとして……感情を波立たせているのだと突きつけられ、もどかしさに激しく頭を振った。

「嫌だっ。一人ではどこにも行かないからな。ここに……颯天と一緒にいる」

「ダメだ。静夏、おまえは『アチラ』に戻るんだ」

肩に両手を置かれて、頑是《がんぜ》ない子供を宥めるかのように言い含めてくる。

静夏は繰り返し首を横に振ったけれど、颯天は……表情を変えることもなく、静かにこちらを見下ろしている。

その目には、固い決意が滲んでいた。

「なん……で？　一緒にいるって、言ったのに」

おれがずっと一緒にいるなら、淋しくないだろう……と。そう語ったのは、露天風呂に浸かっていた時だったか。

颯天も同じ想いだと感じたのは、思い上がりだったのだろうか。

不安が込み上げて、「なぁ」と泣きそうな声で颯天の答えを求める。

「いられたらいい、とは思っていたが……もう無理だ」

淡々とした一言に、小さく「嫌だ」と口にする。

離れたくない。だって、ここを出て……離れ離れになれば、きっと二度と逢えない。

「一緒にいたい……颯天」

「おまえのためだ。おまえが……大事だ。だから、さよならだ」

懇願する静夏を、颯天は高い壁を築いて完膚《かんぷ》なきまでに突っ撥ねる。なんとか堅牢な壁を崩したいのに、一ミリも……隙間が見つけられない。

これ以上颯天を説得する術を見つけられない静夏は、ただ、想いを視線に込めて颯天を見詰めることしかできなかった。

「……静夏」

静夏の瞳から逃げるように、颯天は唇を触れ合わせてきた。

ズルい。そんなふうにされると、もうなにも言えないし……見詰めることさえ叶わない。

この想いを伝えるせめてもの方法として、広い背中に手を回して必死でしがみつく。

「ッ……ぁ。颯……天？」

長い長い口づけが解かれたかと思えば、両手で頬を挟み込まれて至近距離で視線を絡ませてきた。

「静夏。……俺の目を見ろ」

これまで、見詰める瞳から逃げていたのに……？　と疑問をぶつける間もなく、宝石のような色をした颯天の瞳に囚われる。

「え……？　あ……」

くらり、と。眩暈を感じたと同時に、視界がぐんにゃり歪む。

目を逸らしてはいけない。颯天をきちんと見ていたいのに、視線が定まらない。

足元がグラグラと大きく揺れているみたいで、今、自分がきちんと立っているのかもあやふやになる。

「はや……て……」

「俺は、半分人の子の血が混じっているからな。術の効きが完全ではないかもしれないが……ここのことは、忘れろ。それが、おまえのためだ」

「や……」

ワスレロ。

そんな一言が耳に入り、ぎこちなく首を左右に振る。

ここで、颯天と過ごした時間を……忘れろと言うのか？

忘れたくない。忘れられるわけがない。

「い、やだ。颯、天」

「静夏。おまえと共に在《あ》った日々は、母と過ごした頃よりも心穏やかで……愛しいものだった」

颯天の声が、遠い。耳の奥に反響するのは、自分の激しい鼓動ばかりで……なにを言っているのか、よく聞こえない。

「……泣くな。おまえが忘れても、俺が記憶に留めている。なかったことには、させない。今度こそ誰にも暴かれないよう、胸の奥に恋を隠し続ける」

泣くな？　泣いてなどいないと言い返したいのに……もう、声が出ない。

視界も靄がかかったようになり、漆黒と濃紺の颯天の瞳が霞み……目が回る。

「途中まで、送って行こう。……すまない、静夏。……してる」

ふわふわ宙に浮いたように頼りない身体を、力強く支えられる。

すまない？　謝るくらいなら……ここにいさせてほしいのに。

きちんと聞き取れなかった、かすかな声での『愛してる』は、他の言葉を自分に都合よく聞き違えただけなのか……颯天の本音なのか、確かめたいのに声が出ない。

静夏は颯天に「好きだ」と何度も告げたのに、颯天は一度も、明確な言葉で自分の想いを聞かせてくれなかった。

こんなふうに、静夏の意識がもうろうとした状況でようやく吐露《とろ》してくれたのなら……酷い。

「……颯……」

呼びかけた名前が途中で喉の奥に引っかかり、かすれて消えた。

なす術もなく唇を震わせる静夏の身体を、息苦しいほど強く抱くのは……誰の腕だろう？

もう……なにも見えない。……聞こえない。

颯天、と。最後まで頭の片隅に残っていた名前を呼びたいのに、声が出なくて……。

震える息を吐き出したのを最後に、すべてが闇に包まれた。

□□□

急激によみがえった記憶に脳が混乱しているらしく、激しい眩暈に襲われて視界が真っ黒に塗り潰される。

「静……ずかっ」

何度も呼びかけてくる颯天の声は聞こえているのに、返事をすることができない。

身体に回された、力強い腕。

この手を……静夏は、知っている。颯天に抱かれていれば、不安も怖いこともなに一つないということも。

「ふ……っ」

意識が霞んでいたのは、ほんの数十秒だったらしい。瞼を押し上げた静夏の目に映ったのは、自分を抱きかかえている颯天の腕だった。

夜に溶け込むような濃紺の作務衣を、無意識に握り締める。

「静夏っ？」

「だ、いじょうぶ。なんか、立ちくらみみたいな感じになった、だけ」

もう大丈夫。混乱していた頭も落ち着きを取り戻し、ここがどこか……誰といるか、なにを話していたのかもきちんと把握できている。

けれど、未だ足元がおぼつかないからか、颯天の手は完全に離れず二の腕を掴んで支えてくれた。

「……思い出し、た。違う。忘れてなんか、なかった」

颯天のこと、『鬼』の郷での日々。

それらを見失っていたあいだも、静夏はずっと夢の中で恋を続けていた。颯天のことを、忘れてなどいなかった。

懸命に縋りつく静夏から、颯天は……目を逸らした。

「なんで、目を逸らすんだよっ。静夏って、呼んだくせに。おれのこと、わかってるんだよな？」

初対面のように振る舞っていたけれど、頑ななまでに、目を合わせようとしなかったことからも……今、自然に「静夏」と呼びかけてきたことからも、間違いない。

静夏を拒絶するように、唇を引き結んで視線を逃がしている颯天に向かって、「聞こえてるだろ」と言葉を続ける。

「……おれは、なにも変わっていない。颯天が好きなままで、ずっと……頭の片隅に追いやられた記憶を、探し続けていたんだ」

自分でも滑稽になるほど、必死で訴える。颯天の腕を掴む手がみっともなく震えていたが、絶対に離すものかと指に力を込めた。

「なんで、颯天がここに……？　あと、角っ。角は、どうしたんだよ？」

あの郷にいた時は、当たり前に存在した『角』が、今は視認できない。指先で頭に触れると、かすかに痕跡らしきものを感じ取れるだけだ。

月が投影する颯天の影には、記憶にあるものと変わらず……その頭上に、二本の角が生えているのに。

「おれを、こっちに送り出してから……なにがあった？」

静夏がどんなに質問を重ねても、颯天は無言を貫く。

もどかしくて、歯痒《はがゆ》くて……作務衣を掴んで強く引っ張っても、颯天は静夏と目を合わせようとはしなかった。

「颯天……っ」

泣きそうな声で呼びかけると、ようやく静夏を見下ろす。そして……静夏が望むものとは、かけ離れたことを口にした。

「空が白んできた。夜明けが近い。……もう、戻れ」

「おれを突き放す……そうしないといけない、理由があるんだな。……わかった。今日は、帰る。でも、また来る」

あまりにも頑固な颯天の態度は、静夏を突っ撥ねなければならない理由があるからだ、としか思えなかった。

心変わりしただとか、とうに終わった過去のこととして吹っ切っただとか、そんな簡単な原因で静夏から顔を背けているとは、どうしても考えられない。

それくらい、よみがえった『郷』での記憶は甘く濃密で……颯天との結びつきは容易く解けないと、確信できるものだった。

「……颯天が逢ってくれなくても、来るから」

一方的にそう宣言した静夏は、掴んでいた颯天の作務衣から手を離して、一歩……二歩、後退《あとずさ》った。

直後、足元を見ていなかったせいで大きな石を踏みつけてしまい、体勢を崩す。

「っ！」

踏ん張ってなんとか転ばずに済んだけれど、右脚に鈍痛が走り、顔を顰めた。

右脚の古傷は、傷を負った際の記憶がなかった頃も時おり痛み……気味が悪かった。でも今は、静夏に、あの『郷』での日々が現実のものだったと教えてくれるなによりの証拠だ。

転びかけた瞬間、颯天が顔色を変えて咄嗟に静夏に手を伸ばしかけたのが視界の隅に映った。

間違いなく、あの日々を颯天も憶えているのだと、脚は痛いのに喜びが湧き上がる。

「おれのことを知らないような顔なんて、させないからな」

颯天を睨み、挑むように言い残すと、踵を返して洞窟の入り口とその脇に立つ颯天に背を向けた。

白み始めた空を見上げ、広場を突っ切ると緩やかな坂道をゆっくり下る。

「やっと、記憶の空白が埋まったんだ。逃がさないから……颯天」

目的もなくふらふらと歩き、どうして自分がここを目指しているのか……わけもわからず坂を上った往路とは違い、静夏は確かな足取りで歩き続けた。

《九》

静夏は、普段から口数が多いほうではない。

ゼミのミーティング中も、たまに一言二言……意見を述べる程度だから、発言の少なさはさほど不自然ではなかったはずだ。

けれど、今日の静夏がいつにも増してぼんやりとしていることは、宮原には見透かされてしまったらしい。

「茅野？　具合がよくないのか？　顔色が悪いなぁ」

「だ、大丈夫。気を散らしていて、ごめん」

心配そうに顔を覗き込まれて、慌てて首を左右に振る。顔色が優れないとしたら、睡眠不足が原因だ。上の空だったことを謝罪して、手元の資料に目を落とした。

その直後、玄関戸が開く音に続き、耳に覚えのある声が聞こえてくる。

「おーい、学生たち。いるか？」

「あ、誠也さんだ」

パッと顔を上げた広田が立ち上がり、廊下との境である襖を開いた。

田舎の人間の特性なのか、誠也の性格なのか……出迎えるまでもなく上がってきた誠也が話しかけてくる。

「全員いる？」

「あ……はい」

答えた広田に「よかった」と返した誠也は、室内にいる静夏たち三人に視線を巡らせ言葉を続けた。

「晩飯、うちに食べに来ないか？　母親が、大した持て成しはできないけど……って、学生たちに声をかけろってさ」

「うわぁ、嬉しい。お邪魔したいです。いいよね？」

「俺は、いいけど……他の二人は？」

歓声を上げた広田に宮原が続き、鹿島が小さくうなずいて……この状況で、静夏だけが反対できるわけがない。

小声で「迷惑じゃないなら」と答えたけれど、内心では一人だけ行かないで済む方法はないだろうかと逃げることばかり考えていた。

「じゃ、仕事終わり……十八時くらいに迎えに来るよ」

静夏が目を合わせないことに気づいているのか否か、誠也はいつもと変わらず朗らかに笑った。

あの、『神隠し事件』の際の記憶を取り戻した今となっては、誠也と顔を合わせる……茅野の本家に出向くと考えただけで、息苦しくて堪らない。

仕事の途中に立ち寄ったらしく、誠也は長居することなく「また後で」と言い残して立ち去ったけれど、静夏の胸の奥に留まるモヤモヤしたものは晴れない。

「レトルト続きだったから、ありがたいわぁ。あ、ついでに話を聞かせてもらえるかも。誠也さんの家って、あの鬼伝説の『茅野』って若者の直系だよね。役場にもなかった資料とか、家系図とか……あるかも」

浮かれた様子で「手料理！」と声を弾ませる広田は、誠也の自宅に上がり込むことに遠慮する気配はない。

グッと拳を握り、誠也の……茅野の本家でなにかしら役に立つものを得ようと、意気込んでいる。

「家系図があっても、見せてくれるかどうかはわかんないだろ。話は……聞かせてもらえたら助かるけど」

宮原が過剰な期待はするなと窘《たしな》めても、どこ吹く風と聞き流す。

「おじいちゃんやおばあちゃんたち、世間話はしてくれても『鬼伝説』に関しては話してくれないし……あんまり収穫がないもんね。せっかくここまで来たんだから、役場にあった資料のコピーだけで帰れるもんですか」

静夏は鹿島とチラリと目を合わせて苦笑し……こっそりため息をついた。

一人だけここに残ると、言い出せる空気ではない。

昔と変わらず、面倒見のいい兄のように接してくれる誠也はともかく、本家の伯父や伯母が静夏に対してどう思っているのかわからない。

二年前の出来事の後、逃げるようにして帰京したことを思えば、疎ましがられるのでは……。

そんな、嫌な想像ばかり膨らむ。

なにより、夜はあの洞窟のところに行って颯天と逢いたいのにな……と思いながら、手元にある資料をジッと見詰めた。

「誠也さん、グラス空いてますよ。ずっと聞きたかったんだけど、彼女は？　田舎じゃ目立つ、今風のイケメン！　職場でもモッテモテでしょー？」

誠也の隣に陣取った広田が、彼の手元にあるグラスにビールをドバッと注ぐ。

誠也と向かい合った席にいる宮原が、「おいおい広田」と苦い顔で名前を呼ぶ。

「……絡むなって、酔っ払い。すみません、誠也さん。広田、おまえはもう飲むなよ」

「あはは、残念ながら職場には若い娘さんがいなくてねー。お年寄りには、モッテモテなんだけど」

誠也は気にした様子もなく笑って、どうぞ……と広田のグラスにビールを注ぎ返す。

数人は未成年だと言ったのに、夕食が準備されたテーブルには、当然のようにビール瓶が並んでいたのだ。

「どうせ、あと数か月で全員ハタチだろ？　これまで、法令を順守して一度も飲んだことがない……わけじゃないよな？」

そう言った誠也に、否定する者は誰もいなかった。

結果、普段からテンションの高い広田は一人で愉快なことになっている。宮原はアルコールが入っても変わらないタイプで、誠也は普段より少しだけ朗らかさが増し……静夏と鹿島は大人しくお茶を飲み続けている。

幸いなことに、宴会の様相の広間には伯父や伯母の姿はなかった。誠也の自室だという離れの広間に食事だけ用意してくれて、静夏たちがお礼を含めた挨拶だけ済ませると「若い子たちで楽しんで」と母屋に戻って行った。

大柄な宮原の陰に、隠れるようにして立っていた静夏の存在を認識していたかどうかも、わからない。

「で、どうだ？　お勉強は順調か、学生たち」

「う……資料集めとかは、だいたい終わりましたけど……決め手に欠けるっていうか、もう一つ……二つ、インパクトのあるものがあればなぁって感じで。誠也さん」

誠也に答えた宮原が、居住まいを正してテーブルに身を乗り出した。改まった様子で、真顔で名前を呼ばれた誠也は、「おお？」とわずかに身体を引く。

「あの『鬼退治』をした茅野って若者、誠也さんのご先祖なんですよね。ここに、鬼を征伐したっていう『妖刀』は残ってないんですか？　是非《ぜひ》っ、見せ……いや、写真を撮らせてください。一枚だけでも！」

誠也は、両手を顔の前で合わせて頼み込む宮原に少し困った顔をして……静夏に視線を送ってくる。

そんな顔をされても、静夏にはどうすることもできない。誠也の目に気づかないふりをして、小皿に取り分けた漬物を齧った。

茅野の本家には、『鬼』を討った妖刀がある……か。

あの郷で、颯天が静夏に向かって何度か口にした『茅野の血を持つ』という言葉からも、彼らにとって『茅野』という存在が特別なのだろうと察せられる。

「そうよ。誠也さん、私たちの単位を助けると思って……家宝を、是非に！」

酔っ払いの広田に『家宝』呼ばわりされても、苦笑するだけの誠也は……その刀が実在する上に、家宝に等しい扱いなのだと言外に認めているようなものだ。

「そういう謂《いわ》れの小刀は、ないわけじゃないけど……俺が持ち出したり、写真を撮って君たちにあげたりする権限はないからなぁ。今の家長は父だから、俺の一存ではなんとも」

「ん……じゃ、お父さんに直談判《じかだんぱん》してみる！」

すっくと立ち上がった広田に焦ったのは、誠也とは反対側の広田の隣に座っている鹿島だった。

「だめだって、莉子《りこ》ちゃん。夜中だよ。もう、お休みなんじゃない？」

「でも、悠美……」

「お話を聞きたいなら、明日のお昼に出直そうよ」

「……ん」

宥める鹿島にコクリとうなずいた広田が、座布団に座り直す。

心の中で拍手を送った静夏とは違い、宮原は軽く拍手をしながら「すげ、さすが猛獣使い」と余計な一言を漏らして、広田に割り箸を投げつけられていた。自業自得なので、フォローは不可能だ。

「そろそろ、お開きにするか。飲んじゃったから、車を出せないし……どうせ明日は土曜だ。雑魚寝《ざこね》でよければ、泊まっていく？　っと……女の子もいるから、それはさすがにマズいかな」

誠也に釣られて見上げたレトロな壁掛け時計の針は、十一時に近い所を指している。こんなに遅くまで滞在するつもりではなかったのに……と焦った静夏は、誰かが何か言う前に首を横に振って誠也の申し出を辞退した。

「ごめんなさい。こんな時間だ。ここからなら、歩いて帰れると思う。男が二人いるから大丈夫。……ちょうどいい、酔い覚ましになる」

宮原は普段と変わらないし、鹿島と静夏は完全な素面《しらふ》だから、言動の危うい酔っ払いは広田だけだ。

「歩くと、結構あるぞ。真っ暗だし」

自分たちが借りている古民家まで車で十分足らずの距離だ。ゆっくり歩けば、三十分かかるかどうか……というところか。田畑のあいだを真っ直ぐ抜ければいいので、迷う心配はない。

「フィールドワークで歩き慣れているから、大丈夫。ライトを、貸してもらえたらありがたいけど」

人っ子一人いない状況は、よくわからない人に絡まれる不安がある都会と違って、かえって安全だ。三人で広田をフォローすれば、問題なく帰り着けるだろう。

立ち上がりかけたところで、それまで黙っていた鹿島がおずおずと口を開いた。

「あの、ここの片づけを……」

テーブルを見回して、そう言い出した鹿島に、誠也は笑いながら顔の前で手を振る。

「気にしなくていい。お袋も、うちでの宴会には慣れてるから。四、五十人の酔っ払いが大騒ぎするのに比べたら、これくらいはお行儀《ぎょうぎ》のいい食後だな」

それは……比較対象にするには異質すぎて、不適格な気がする。

視線を交わした静夏たちは、使い終った皿を重ねて残った大皿の料理を可能な限り纏め
……辛うじて場を繕《つくろ》い、誠也に頭を下げた。

「お邪魔しました。ありがとうございました。改めて、明日にでもお礼と……できれば話を聞かせてもらいに、お邪魔します」

「お気遣いなく。気をつけて。田んぼに落ちるなよ」

玄関先まで見送りに出て来た誠也に、改めて頭を下げて身体の向きを変える。一歩踏み出したところで、「静夏」と呼び止められて、心臓がドクンと大きく脈打った。

颯天と逢ったこと……失くしていた記憶を取り戻したことは、誠也は知らない。感づかれるようなこともしていないのだから、逃げる必要はない。

静夏は、自分にそう言い聞かせて平静を装い、「なに？」と聞き返す。

「友達と一緒だし、露骨な身内扱いは照れくさいだろうから静夏個人に話しかけるな……ってお袋に頼んでおいたから、変な態度だなって思っただろ。ごめんな。うちが苦手なのはわかるけどさ、また遊びに来いよ。うちの両親も、静夏のことを気にしていないわけじゃないんだ」

「苦手……っていうか、なんか……親戚で、おれが浮いた存在なのはわかるから。それだ

け。おれこそ、可愛げのない態度でごめんなさい」

思いがけず直球を投げてきた誠也に、うまく取り繕うことができたかどうか、わからない。

しどろもどろに答えると、

「酔っ払いの戯《ざ》れ言《ごと》だ。……おやすみ」

と苦笑して手を振る。

無言で頭を下げると、話していた静夏と誠也に気を遣ってか、先に歩き出していた三人を小走りで追いかけた。しばらく歩いて、チラリと振り返る。

あの『茅野』の本家には、『鬼』を討った妖刀がある。

颯天を思い浮かべると胸の奥がチリチリと痛み、グッと唇を噛んで正面に向き直ると、チラチラ光るライトの明かりを目指して止めていた歩を再開させた。

□□□

ようやく皆が寝静まり、家を抜け出すことができた。もう、草木も眠ると言われている丑三つ時を過ぎている。

月明かりだけを頼りに、夜道を歩く。山は木々に囲まれていることもあり、日中の暑さが和らいで吹き抜ける風が心地いい。

「……颯天」

急ぎ足で坂道を上って広場を突っ切った静夏は、洞窟の入り口に立ち、侵入者を拒むかのような太いしめ縄を見詰める。

宣言通りやって来たのはいいが、颯天が逢ってくれるという保証はどこにもない。なにより、颯天がどこにいるのか……当てもなく洞窟に向かって名前を呼んでみたけれど、返事はなかった。

「どこで、どうしているんだろ。アッチとコッチは、簡単に行き来できないみたいなこと言ってたはずだけど」

ふっと息をついて視線を巡らせた静夏は、洞窟から少し離れた山肌に、食い込むように建っている古びた御堂《みどう》らしき建物に目を留めた。

何度もここに来ているのに、今まで存在に気がつかなかったことが不思議だ。木材は色褪せて古めかしく、ずっと前からそこに佇んでいたという雰囲気なのに……？

「なんで、これまで見えてなかったんだろう」

恐る恐る近づいて、観音開きの扉に手を伸ばそうとした瞬間、内側から開いてギョッと硬直する。だが、そこから出て来た人物が濃紺の作務衣姿の颯天だと気づき、ホッと息をついた。

ただ……月明かりに照らされた端整な顔に浮かぶ表情は、決して静夏の訪問を歓迎しているものではない。

「颯天。ここ……なに？　ずっと、ここにあった？」

もっと他に言いたいこと、言わなければならないことがたくさんある。なのに、静夏の口から出たのは、颯天が背にして立つ小ぢんまりとした御堂に関する疑問だった。

黙殺《もくさつ》されるかと思っていたけれど、自分が出て来たばかりの御堂をチラリと振り向いた颯天は、淡々と答える。

「長が張った、結界の範囲内だからな。普通の人間の目には、見えない。おまえは……『茅野』の血を持つことと、『郷』での記憶を取り戻したこと、俺の真の姿を『視た』ことと……いろいろな条件が重なって、本来この世界に属するものではない御堂が見えるようになったんだろう」

「……認めるんだな。おれが、『郷』での記憶を思い出したって……颯天のことも、全部」

知らん顔をしていたくせに、今の颯天の発言は、静夏が取り戻した記憶は確かに二人が共有するものだと……夢想を現実と混同しているわけではないのだと、認めたとしか思えない。

作務衣の両袖を掴んで必死に訴えると、ようやく颯天がこちらを見下ろして……視線が絡む。

「ああ……」

小さく嘆息すると、諦めたように言葉を続けた。

「否定しても無駄だろう。取り戻した記憶を、もう一度消すことはできないからな。我らはこの瞳で人の子の記憶を操ることができる……が、俺は、やはり半端者《はんぱもの》か」

片方は濃紺だけれど、もう片方の瞳が、黒……人である母親から継いだもののせいなのだという、苦さが『半端者』という一言に含まれている。

静夏は、自然と顔を顰めた。

「半端、って……そんな言い方するな。紺の瞳も、黒の瞳も、どっちも綺麗なのに」

「真っ直ぐな目で……同じことを言うんだな」

颯天の目を綺麗だと告げたのは、あの『郷』で……共に暮らしていた頃だ。まだ、颯天のことがよくわからなくて少し距離を置いていたけれど、左右で色の異なる双眸は素直に綺麗だと思った。

「何回でも言うよ。本当に、綺麗だ。……角は？」

恐る恐る手を伸ばして、颯天の頭に触れる。

スッと伸びる二本の角があったはずの場所は……やはり、かすかな盛り上がりが指に触れるだけだ。

指先で頭皮を撫でていると、颯天はくすぐったそうに目を細めて静夏の手を掴んだ。

「結界を張ってあると言っただろう。人の目には見えないように、幻視の術をかけてあるだけだ。触れられないと感じるのも錯覚で、今もそこにある。ただ……陽の光は強すぎて、昼間はおまえたちの目には映らないが、月明かりに照らされると、影に真実の姿が映し出されるし……闇の中では、本来の姿になる」

「そ……っか。なくなったわけじゃないんだ。よかった。おれは、颯天の角も好きだったから」

静夏は、ぽつぽつ口にして安堵を滲ませる。

目を逸らした颯天は、たった今、静夏の手を握っていることに気づいたかのようにパッと離した。

「おれが、あの郷を出てから……どうなった？　なんで、颯天が一人でこんなところにいるんだよ」

「おまえは、知る必要のないことだ。俺の正体を確かめて気が済んだなら、もう戻れ」

「なんだよ、それっ！」

目を合わせないまま淡々と口にする颯天に、カッと頭に血が上った。

普段の静夏は、クールだとか……暗いとか言われるタイプで、誰かに向かって声を荒らげることもない。

あの頃も、今も……激しく感情を揺さぶるのは、『颯天』だけだ。

「気が済んだ？　そんなわけないだろ。そりゃ……頭の中から抜けていた記憶が戻って、少しだけスッキリはしたけど……疑問が、なくなったわけじゃない。むしろ、増えた」

もどかしいばかりだった、記憶の空白は埋まった。自分が誰を渇望していたのかという疑問も、答えが出た。

でも……そのあいだ、颯天はどうしていたのか。今、何故ここにいるのか。

新たに『知りたい空白の時間』が、できてしまった。

「知らなくていいと言っただろう。この土地を去り、二度と来るな。おまえは人の子と共に在るのが……自然だ。彼らと共にいるのを目にして、改めて感じた。俺とは、違う」

激昂する静夏とは逆に、颯天は静かに語る。

俺とは違うという、簡単な一言で撥ねつけられるのがもどかしくて、勢いよく頭を横に振った。

「違う？　なんで、そんな言い方するんだ。半分は、颯天もおれと同じなんだろ。角っ、隠せるならおれと一緒にこの土地を離れよう。鬼とか、そんなの知らない人ばかりのところに行けば……都会に出て、大勢の人に混じったら大丈夫だ。颯天は普通……より格好いくらいで、全然不自然じゃないんだから」

「……ダメだ。俺は、ここを……長の張った結界の外には、出られない」

「なに言って……」

必死で掻き口説く静夏に、颯天はゆっくりと首を左右に振った。

端整な顔に表情はなく、なにもかも諦めきったような、どこか空虚な目が怖くて……ギュッと作務衣の袖口を握り締め、強く引っ張った。

「颯天……」

そうして静夏が強引に引き寄せようとしても、颯天はビクともしない。

体格の違いは明白で、力も違うのだから容易く思うままにならないのは当然で……それにしても、微動もしないのは不自然だ。

困惑する静夏に、颯天はその理由を明かす。

「ここより先は、俺たちにとって禁足地だ。あの……しめ縄の内側が、おまえたちにとって禁足地であるのと同じく」

「そんな……」

物理的に、ここを離れられないのだと思い知らされた静夏は、なにを言えばいいのかわからなくなり……唇を噛んで首を横に振る。

視線を落とすと、月が照らし出す颯天の影……頭の部分には、二本の角がある。

それが、『違う』という颯天の言葉を裏付けるようで、『角のある颯天の影』を視界から追い出す。

「わかっただろう。……仲間のところに戻れ。もう、ここに来るな」

「や……やだ。颯天っ！」

背を向けられそうになり、慌てて腕に縋りつく。

それでも、颯天は静夏に向き合ってくれなくて……顔を背けたままそっと静夏の手を外させると、短い階段を上って御堂の中へと姿を消した。

ぴったりと閉じられた扉が、静夏を拒んでいる。

無理やり扉を開けることは、『茅野』の血を持つ自分ならできたかもしれない。

でも……取りつく島もない颯天の拒絶に打ちのめされた静夏は、そこから足を踏み出すことができなくて、長い時間その場を動けなかった。

静夏が留まっていることは、きっと颯天にはわかっていたはずだ。それなのに再び開くことのない扉は、颯天の心を表しているようで、

「また、明日の夜……来るから」

辛うじてそれだけ小さく言い残して、踵を返した。

明日の夜、ここを訪れたところで颯天をどう説得すればいいのか、わからない。

静夏を突き放そうと決めている颯天は頑なで、伸ばした手を受け止めてくれそうにない。

けれど……颯天の言うようにここを離れてしまえば今度こそ二度と逢えないだろうことだけは、確信できる。

それだけは嫌だと……静夏は拳を握って、奥歯を噛み締めた。

《十》

これまで入手した『鬼伝説』の資料を改めて精読し、『鬼』に関すること、『茅野』との関係を自分なりにノートに纏める。

手元が暗くなってきたことに気づいて顔を上げた瞬間、玄関先から物音が聞こえてきた。

「あ……皆が帰ってきたかな」

静夏は、膝の上に広げていたノートを閉じて畳に置くと、その上にシャープペンシルを転がす。

グシャグシャになっているタオルケットを掴んで包まりながら、畳に敷いてある布団へ身体を横たえた。

具合がよくないからと言い訳をして、茅野の本家に行って伯父から話を聞くという広田や宮原、鹿島たちを見送ったのだ。三人は、睡眠不足が原因の頭痛で顔色が悪い静夏の言い分を疑いもせず、「大人しく寝てろ」と心配してくれた。

廊下を歩く足音に続き、遠慮がちに襖が開かれるのがわかった。

「……お帰り」

静夏が声をかけると、宮原が「起きてたか」とつぶやき、三人が室内に入ってくる。

「ただいま。きちんと寝てたか、茅野」

「おばさんから、夕食にしてねってお握りとかおかずをもらったけど、食べられそう？」

「……よかった。朝よりは、顔色がマシになったかな」

布団の脇に腰を下ろした三人は、静夏を覗き込んで順番に話しかけてくる。

宮原、広田、鹿島……話しかけてきた順に視線を巡らせた静夏は、

「うん。もう大丈夫。……ごめん」

色んな意味を込めた謝罪を口にして、ゆっくりと起き上がった。

皆に申し訳ないと思いつつ少し昼寝をさせてもらったので、実際にズキズキと不快だった頭痛が気にならなくなっている。

「話は聞けた？」

疚《やま》しさから三人と目を合わせられず、自分の手に視線を落として問いかけた。

本家の伯父、『茅野』の家長から『鬼』についての話を聞くのが苦痛で、なによりその場で変な態度を取ってしまうかもしれない自分が怖くて、無理に同行せずここに残ったのだが……皆が伯父からどんな話を聞いたのかは気になる。

「んー……あんまり詳しくは、話してくれなかったんだよなぁ。役場にあった資料とか、事前に調べていたことと大差ないって感じで」

「うん。他の地域の伝承とか言い伝えみたいなものとは、ちょっと雰囲気が違うんだよね。これ以上の資料入手は困難かなぁ。テーマ自体を変えなきゃならないかも。今なら、日帰り可能な近場に変更してやり直しも可能な時期だし」

宮原と顔を合わせた広田は、苦い表情で「収穫なし」を伝えてくる。

予想はついていたが、やはり伯父も地域外の人間に多くは語らなかったらしい。一応、『茅野』の家系である自分ならどうだろう……とも思ったが、研究レポートが目的だと知られている以上、教えてくれないに違いない。

小さく「そっか」と相槌を打った静夏に、広田が嘆息して口を開いた。

「だからね、誠也さんに予定より少し早いけど、明日でここを引き払います……って言ってきたから。茅野くんに相談せずに決めて、ごめん。でも、ここにいても意味がないなら一旦戻ったほうがいいかなー……って思って」

「明日……うん。そう……だな」

これ以上、滞在する意味がない……という広田の言葉は尤《もっと》もだ。静夏が、反対する理由はない。

でも、明日と明確に期限を切られた瞬間、颯天の姿が脳裏《のうり》に浮かぶ。

颯天に逢うことができるのは、今夜が最後になるかもしれない。

逢いに行って……なにを、どう話せばいいのだろう。なにができるのだろう。

あの場から離れられないという颯天に、一緒にこの土地から出ようと誘うことは、もうできない。

静夏がここに残ると言っても……颯天は喜ばないに決まっている。

ふと、視界に大きな手が映り込んだ。

ピクッと顔を上げた静夏の目の前で、表情を曇らせた宮原が手を振っていた。

「茅野？　ぼーっとして、大丈夫か？　まだ具合が悪いんじゃ」

「あ……いや、もう平気だって。ずっと寝てたから身体が痛いくらいで……えっと、なにかおれがすることは」

「なーんもない。夕飯は、さっきも言った通りおばさんが持たせてくれたし……あ、お風呂入れてもらおうかな」

少し考えた広田に風呂の準備をリクエストされて、ホッとした。

なにか一つでも、できることがあるほうが気分的に楽だ。

「わかった」

「じゃあ、そのあいだに私たちは夕飯の準備をしておくね。って言っても、おかずをお皿に移すだけなんだけど」

「……お味噌汁《みそしる》は、フリーズドライだしね」

顔を見合わせて苦笑する広田と鹿島に「十分だ」と笑って見せて、立ち上がった。

廊下に出て、風呂場に向かって何歩か歩いたところで、宮原の声が背中を追いかけてきて足を止める。

「茅野。ここで……きちんと休んでたのか？　足元、少しふらついているみたいだけど」

宮原たちが不在のあいだ本当にここにいたのかと、疑われているのだろうか。

ふと頭に浮かんだ思いを、すぐさま否定する。

宮原が、そんなふうに静夏を疑う理由などないだろう。だいたい、周りに田畑や山しかないこの土地では、遊びに行く場所もない。

ここに来てすぐ、誠也に連れて行ってもらった最寄りのコンビニエンスストアですら、車で三十分もかかるところにあるのだ。

「ああ……宮原たちには悪いけど、爆睡してた。頭痛の原因は、昨日ちょっと寝つけなかっただけだし、もう平気」

「もしかして……さ」

視線を泳がせて言い淀む宮原に、ドクンと心臓が大きく脈打った。

宮原は同じ部屋で寝ているけれど、深夜に二晩続けて静夏が部屋を抜け出したことには気づいていないはずだ。

ちゃんと確かめてから、足音と気配を殺して外に出たし……なにか言われたら、眠れなかったから少し散歩をしていたと誤魔化せばいい。

トクトク落ち着かない心臓の鼓動を感じながら続く言葉を待っていると、宮原は意を決したかのように静夏の目前まで詰め寄ってきた。

真顔で、なにを言うかと思えば……。

「俺、すっげー鼾《いびき》掻いてた？　寝言とか。それで……」

「ふっ……あはは、違う違う」

拍子抜けして、頬を緩ませる。笑って否定した静夏に、宮原もホッとしたように笑みを浮かべた。

「よかった。……今夜は早く寝ろよ」

「昼寝したから、どうかなぁ。でも、早めに布団に入る」

「それがいい」

宮原は話は終わったとばかりに回れ右をして、広田や鹿島のいる台所へ行く。

呼び止めた理由は、ただ単に静夏の体調を気遣ってくれただけ……か？

時おり、宮原らしくなく視線を泳がせて、別のことを言いたそうに見えたのは……自分が隠し事をしているからで、宮原に対して変に疑い深くなっているのかもしれない。

「気づかれてない……よな」

今夜が、最後のチャンスだ。

早々に眠ったふりをして、颯天に逢いに行こう。

……逢って、どうするのかは……わからないままだけれど。

□□□

「颯天。……そこにいるんだろ」

御堂の前に立った静夏は、ピッタリと閉じられた扉に向かって颯天に呼びかける。

自分が強引に扉を開くのではなく、颯天から姿を見せてほしい。そう、願いながらもう一度名前を口にする。

「颯天。お願いだから。明日、帰ることになったんだ。逢えるのは、これで最後かもしれない。だから、颯天……」

必死で懇願するのは情けないと思うけれど、こんな中途半端な状態でここを離れるのは嫌だ。

「どうしても出てきてくれないなら、無理やり扉をこじ開けるからな」

逢えるのは、これで最後かもしれないという言葉が効いたのか……無理やり扉をこじ開けるという脅し文句の効果か、さほど待つことなく御堂の扉が開かれた。

背を屈めて扉から出てきた颯天は、今夜も濃紺の作務衣姿だ。

「……颯天。もっと、こっち」

手招きする静夏に、少しだけ表情を険しくし……階段を下りると、一歩二歩と距離を詰める。

手を伸ばせば触れることのできる位置で足を止めると、視線を逸らすことのない静夏に根負けしたのか、諦めたように口を開いた。

「もう、ここに来るなと言っただろう。時おり、郷の者がやって来る。馴れ合っているところを見られたら……危険だ」

「危険なのは、颯天が？　それとも、おれが？」

聞き返した静夏に、颯天は口を噤んで目を逸らす。

それは、颯天自身に危険が及ぶのではなく静夏の身を案じているのだと、言外に語っていて……颯天の想いが伝わってくる。

同じ想いを抱いているのがわかれば、逃げようとする颯天を追うのに躊躇いがなくなった。

もう、あんな空虚な思いをするのは嫌だ。

正体が掴めない夢の中での邂逅でさえ、甘くて苦しくて、愛しくて……泣きながら目が覚めたことも、数え切れない。

求め続けた相手が目の前にいるのに、静夏には手を伸ばさない理由などなかった。

「颯天が、そこから出られないなら……おれが押しかける。今すぐは難しいけど、大学を卒業してこの土地に引っ越して……すぐ近くに住むよ。そうしたら、いつでも逢える。そうだよね？」

今すぐでなくてもいい。確実な、約束が欲しかった。

二度と逢えないかもしれないまま、ここを離れることなどできない。

名案だろうと嬉々として語った静夏に反して、颯天は頬を緩ませることもない。

静夏の視線に負けたのか、険しい表情を崩さないまま、ぽつぽつと言い返してきた。

「そう簡単なことではない。おまえがここに通い、俺と逢うことを……この土地の人間は許さないだろう。同様に、俺がおまえと逢うことは郷の者たちが許さない。これで最後にしたほうがいい」

冷静な颯天を前に、静夏はどんどん鼓動が速さを増していくのを感じる。憤りが身体中を駆け巡り、頬だけでなく全身が熱い。

両手を伸ばして颯天の肩を掴み、夢ではなく目の前に確かに存在する彼に想いをぶつける。

「なんで、そうやって一人で諦めるんだよ。今も……あの時も、おれのためだなんて言って記憶を消して送り返してっ！　そんなの、全然おれのためになんかならない……っ」

胸元に頭を押しつけても、颯天の手は静夏の背中を抱いてはくれない。

颯天の胸からは、激しい鼓動が伝わってくるのに……。

どちらも、動くことも口を開くこともなく、沈黙の中で互いのぬくもりに浸るのは……不思議な感覚だった。『郷』でも『人の世界』でもなくて、誰にも邪魔をされない次元の狭間を漂っているみたいだ。

どこでもいい。颯天と一緒にいられるのなら、どんなところでも飛び込んでいくのに。

世界に二人だけになったような心地で、どれくらい颯天の体温を感じながら風の音を聞いていたのか……。

「茅野！」

空気の質を変える男の声が響き、不意に現実へと引き戻された。

ビクッと身体を震わせた静夏は、自分の名前を呼ぶ声が聞こえてきた背後を振り返る。

「……宮原」

いつからそこにいたのか、宮原が立っている。

静夏が隣の布団にいないことに気づいて、追いかけてきたのだろうか。でも、どうしてここにいることがわかったのだろう？

名前を口にしたきり続く言葉を見つけられない静夏に、宮原は感情を抑えた低い声でもう一度「茅野」と呼びかけてくる。

「そいつから離れろ。……人間じゃない。影に、角があるのが見えるだろ」

ハッとして、地面に視線を落とす。

月が照らすことにより、ぼんやりとした影が地面に伸びていた。

一つは、静夏のもの。もう一つは、颯天のもの……で、二本の角の存在が見て取れる。

宮原の目にも、自分たちと異なる颯天の姿が見えているらしい。

どう誤魔化せばいいのか、颯天に寄り添って言葉を探す静夏に、宮原は険しい声で畳みかけてくる。

「誠也さんが、洞窟が立ち入り禁止なのは確かだが管理人などいない、神藤という名にも憶えはないと言っていたから……変だと思ったんだ。昨夜も、ここでその……鬼と逢ってただろ。取《と》り憑《つ》かれているんだよ、おまえ」

「違う、宮原。そんなんじゃなくて……」

ぎこちなく首を左右に振って否定する静夏の言葉は、宮原の耳には届いていないらしい。

背後に身体を捻り、予想もしていなかった人物の名前を口にする。

「誠也さん、早く」

「誠也さん？　なん……で」

驚きのあまり目を瞠る静夏の前に、険しい表情の誠也が姿を現した。

ドクドクと、嫌な動悸を感じる。

「あの刀、持って来てくれましたよね」

「……ああ。宮原くんが、あまりにも真剣に訴えてくるから、まさかと思ったが……」

刀……？

言葉もない静夏の目に、誠也が右手に持っているものが映る。

誠也が持つ、『あの刀』の正体など、尋ねるまでもなく想像がつく。

刀という言葉からイメージするものにしては短い、三十センチほどの長さだ。でも、そういえば鬼を討った『妖刀』は短刀だと……チラリと耳にした。

「昼間、広田と鹿島がいないところで誠也さんに相談したんだ。昨夜、茅野が鬼らしきものと夜中に逢ってたって……。きっとそれに憑かれているせいで、体調がよくないんだ。もう大丈夫だ。誠也さんの家に伝わる刀は、鬼を殺すことができる」

「や、やめろよっ。違うって！　颯天は、鬼……だけど、でも、違うんだ。取り憑かれているんじゃなくて、おれは、ずっと前から颯天が好きで、やっと思い出して……っ」

混乱して、自分がなにを言っているのか、途中でわからなくなってしまった。

颯天が『鬼』だと……悪いものだと決めつけている宮原に、そうではないと伝えたいのに微塵《みじん》も弁明《べんめい》になっていない。

「茅野を離せ。茅野、退いてろ」

「あ……宮原くんっ」

誠也が手に持っていた短刀を奪った宮原は、鞘《さや》から抜くと両手で握り、迷うことなく颯天に向かった。

颯天は……動く気配もない。

「宮原、やめろって！　逃げろよ颯天っ」

どうして、颯天は逃げようとしない？

焦った静夏は、咄嗟に颯天の前に立ち塞がったけれど、言葉もなく身体を抱きすくめられて……颯天が背に刃を受ける。

「颯天……っ」

「なん、で……茅野を庇うんだ」

呆然とした響きの宮原の声が聞こえてきたのと同時に、足元に短刀が落ちた。

静夏は颯天の背中に手を回し、傷を確認しようとしたけれど……颯天は平然としている。

背中を撫でた手を確認しても、血はついていなかった。

「なに？　ど……して」

立ち竦む宮原が、動揺を隠せない声でつぶやく。

颯天はチラリと横目で宮原を見遣って屈み込んで、短刀を拾い上げた。

「無駄だ。おまえでは、俺に擦り傷一つ負わせられない。これは……」

短刀を差し出された静夏は、無言で首を横に振る。受け取るよう促されていることはわかっているが、手を出せるわけがない。

すると、颯天は身体の向きを変えて、言葉もなくその場に立ち尽くしている誠也に短刀を手渡した。

「その刃が威力を発揮するのは、『茅野』の血を有する者が振るう時のみ」

「なんで、それを誠也さんに渡すんだっ。誠也さんは、茅野の本家の……」

颯天の腕を掴み、誠也から引き離そうとぐいぐい引っ張る。

あの短刀を手に現れた誠也が『茅野』に関係する人物だと、颯天にもわかっているはずなのに。

わざわざ、拾い上げ……傷つける方法を知らせながら手渡すなど、まるで自殺行為だ。

「颯天のバカ。なんでっ……いつも、そんな……諦めんだ、よ。もう、やだ。おれが、どんな思いで……っ」

颯天の左腕に額を押しつけて「バカだ」と繰り返す。

静夏が、どれほど颯天のことを想っているのか……わかってくれない。

自分一人で決めて、勝手に諦めて、静夏のためだと押しつける。

そんなもの、優しさではない。

「茅野、おまえ……なんか、それじゃまるで……」

しどろもどろに口を開いた宮原が、なにを言おうとしているのかわからない。けれど、なんでもいい。

今の静夏にとって大事なのは、目の前にいる颯天だけなのだから。

「俺は、なにがどうなっているのか全然わからないんだが……話を聞かせてもらえるかなぁ。いきなり斬りつけるような、野蛮《やばん》な真似はしないからさ」

「……すみません、野蛮で」

張り詰めた緊張感を打ち破るような、のんき気な口調の誠也に、宮原が気の抜けた声でつぶやく。

それでも静夏は動けずにいたけれど、颯天の大きな手に肩を包み込まれてのろのろと顔を上げた。

「静夏」

宥めるように名前を呼ばれて、颯天の腕を抱いたまま、恐る恐る宮原と誠也に顔を向ける。

険しかった宮原の顔は、普段の気のいい友人のものに戻っている。

誠也は、なにを考えているのか……微笑に思考を隠し、ぴったりと寄り添う静夏と颯天を見ていた。

静夏の警戒心は、余すことなく誠也に伝わっているに違いない。

「無言じゃ、なにも伝わらないよ。誤解は解けないし、理解もできない。俺は、事実が知りたい。……静夏」

　微笑を消し、真顔で名前を呼ばれて……颯天と視線を交わした静夏は、小さくうなずいた。

□□□

　三年前の夏、ここでの『神隠し』騒動の一部始終から……颯天と再会して、失った記憶を取り戻したことまで。

　話し終えるまでには、長い長い時間を要した。途中で立ち続けていられなくなり、四人で地面に座り込んでしまった。

「……これで、おれが思い出したこと、憶えてること……知ってることは、全部」

　宮原は終始無言で、誠也は時おり質問を交えつつ静夏の話を聞いていた。けれど、これですべてだと言葉を切ったところで、誠也が疑問をぶつける相手を颯天に変えた。

「静夏が、こちらに戻ってから……颯天といったか、君はどんな経緯で、この……狭間で、監視をすることに？」

　それは、静夏が一番知りたくて……でも、颯天は教えてくれなかったことだ。

　隣に並んで座る静夏をチラリと見下ろした颯天は、どうやら腹を括ったらしい。小さく息をついて、ぽつぽつと誠也の問に答える。

「人の子を郷に入れ……住処に隠して庇い立てした上に、逃がしたんだ。罰として、郷から追放されることとなった。この……結界の狭間で、人の往来が二度とないように見張りをすることで処刑を免れたのだから、寛大な処分だ」

「寛大……？　これ、が？」

颯天は淡々と語ったけれど、この扱いは本当に寛大なものと言えるのだろうか。

独りきりで、こんな……アチラでもコチラでもないところに身を縛られて。

それも、無期限に……？

眉を顰めた静夏とは違い、颯天はなんでもないことのように「ああ」とうなずく。

「寛大だろう。俺は、ここで……おまえの夢を見ながら、朽ちるまで生きる。それでいい。おまえは人の子の中に戻り、俺を忘れて生きろ。それが、おまえの幸せだ。こんな異形のものに関わっても、いいことなど一つもない」

「だから、なんで颯天がおれの幸せを勝手に決めつけるんだよ？　二度と颯天のことは忘れないって、言ったのに。あんな思いをするのは、もう嫌だ」

「だが……」

「おれを突き放すことしか考えてない颯天の言葉は、聞きたくない！」

両手で耳を覆い、身体を縮めて「聞かない」と全身で拒絶する。

子供が駄々を捏ねているようだと自分でも思うが、他にどうすればいいのかわからないのだから仕方がない。

颯天から顔を背けると、呆気にとられた顔の宮原と目が合った。

宮原は、颯天をチラと見て……苦笑を滲ませる。

「普段はスーパークールなのに、そんな茅野を見るのは初めてだな。鬼……神藤さんに取り憑かれてるってわけじゃないのなら、それが素か？」

「……さぁ」

気まずさから宮原から視線を外すと、今度は誠也と視線が絡んだ。なにを思っているのか、真顔で静夏を見詰め返し……颯天に目を移した。

誠也の視線を追って隣の颯天を見上げた静夏は、「あ」と小さく零して唇を閉じる。

颯天は、その一言で静夏がなにを目にしたのか察したに違いない。

「月が落ち、太陽が顔を出す寸前……東雲の刻は、真の姿を隠す術がない。俺と、おまえは違う。共に居られるわけがない。……だろう？」

颯天の頭上には、スラリと伸びる二本の角がハッキリと見て取れた。

「また、そうやって……」

淡々と語る颯天に反論しかけた言葉が、喉の奥に詰まった。

グッと表情を引き締めた颯天が、突然勢いよく立ち上がったせいだ。

なにがあったのだと振り向いた静夏の目に、洞窟から半身を覗かせた『鬼』の姿が飛び込んでくる。

颯天と変わらない年齢の、大柄な男だ。……頭上には、颯天より長い二本の角が生えている。

角はもちろん、二メートル近い体格に圧倒されたのか、宮原と誠也は声もなく硬直している。

「……なにをしている、颯天。おまえ、『茅野』と馴れ合っていたのか！　まさかそれで我らを……長の温情を、よくも袖にしたな」

鋭い視線は、誠也の傍らにある短刀に向けられている。

低い声が響き、静夏たちを庇うかのように一歩足を踏み出した颯天が「違う」と言い返した。

「そうではない。ここに近づく人の子を追い払うために」

「弁解《べんかい》は不要。長に報告するからな」

「……っ」

颯天の言葉を遮った『鬼』は、短刀と『茅野』を警戒してかすぐさま洞窟の奥へ姿を消した。『郷』に戻り、長とやらにこの状況を伝えるのだろう。

誰も口を開くことなく……緊迫した空気を、誠也の声が破る。

「あれが、純粋な『鬼』か……。颯天は、人との混血だと言っていたな。……納得」

「どうすんだよ、颯天。長に報告されたら、また颯天が……っ」

どんな目に遭わされるのか、想像もつかない。

でも、ただでは済まないということだけは確かだ。

「俺のことはいい。郷からの遣いは、すぐにやって来るだろう。その前に、おまえたちは逃げろ」

「嫌だって！　おれは……もう、自分だけ逃げたりしない」

勢いよく立った静夏は、颯天が着ている作務衣の袖を強く握り締めて、絶対に離さないからなと睨みつける。

三年前、『郷』からコチラに送り返された時の記憶は、今でもあやふやなままだ。でも、あの苦しさと……離れていたあいだの焦燥感は、二度と味わいたくない。

「宮原と、誠也さんは逃げて。おれは……颯天とここにいるから」

「なに言ってんだ、茅野。あれ、見ただろ。捕まったら……」

「いいんだ。誠也さん、宮原を連れて行って」

誰になにを言われても決意は揺らがないと、目に思いを込めて誠也と視線を絡ませる。

颯天の角を見上げた誠也は、自分の脇に置いていた短刀を手にして、立ち上がる。

「静夏……えーと、颯天。賭けをする気はあるか？」

「賭け？」

誠也が突然なにを言い出したのかわからず、怪訝な声で聞き返す。

「時間がなさそうだから、手短に話すぞ。この刀は、鬼を殺す……と言い伝えられている。だが、颯天は半分人間だ。鬼らしいものは、二本の角のみ。それなら、これで角を斬り落とせば……『鬼』の部分だけを殺すことはできないか？」

「そんなの……」

賭けの勝算は、数パーセント……もっと低いかもしれない。

失敗したら？　とその結果を考えた静夏は、ゾクッと背筋を這い上がった悪寒に身を震わせた。

それで『死』を迎えるのは、本当に『鬼』の部分だけなのか？

「だ、ダメだよ。そんなの、上手くいくかどうかわからない……のに」

「では、他にどうする？　報告を受けた『鬼』が大挙して押し寄せて、捕まって……？」

誠也が口を噤むと、シン……と沈黙が落ちた。

朝を告げる小鳥がピピピと鳴きながら頭上を横切った。緊迫した空気と日常とのあまりのコントラストに耳鳴りを感じる。

強く握り過ぎて震える手を、颯天の手がグッと掴んだ。

「静夏。手を離せ。……静夏を連れて行ってくれ」

無理やり引き離されそうになって、必死で頭を振る。たとえ指が折れようとも、この手を離す気はなかった。

静夏は、喉の奥から声を搾り出す。

「嫌だって！　颯天……っ。離れ離れになるくらいなら、ここで一緒に死んじゃったほうがいい」

「……ってくらいの覚悟があるなら、わずかな可能性だろうと賭けに出たほうがいいんじゃないか？　颯天は、どう思う？」

誠也の冷静な声は、昂り切った静夏の熱をほんの少しだけ冷ましてくれる。

誠也の言葉は尤もだ。唯々諾々《いいだくだく》と捕まるくらいなら……と思わなくもない。

でも……。

「颯天」

震える声で呼びかけると、黒と濃紺の双眸がジッと静夏を見下ろす。

颯天は、なにか言いかけて……唇を引き結び、朝焼けに染まる空を振り仰いだ。大きく息をつき、静夏に視線を戻して口を開く。

「静夏。おまえがやれ。……角の、根の部分に節がある。ここなら、斬り落とすのにさほど力を入れる必要がない」

「……おれ……が」

「おまえ以外に、誰がやる？」

ここにいる『茅野』の血を引く人間は、自分と……誠也の二人だ。

けれど、颯天は命運を託すなら静夏しかいないと決めていて、静夏も……それは自分の役目だと、わかっていた。

「急げ。間もなく、郷の者がやって来る」

「い、痛かったら、ごめん。もし、もしも……颯天になにがあっても、絶対、一人にはしないから」

失敗したら、とか。不吉なことは口にできなくて、あやふやに濁す。

どんな結果になっても、なにが起きても……颯天に寄り添うことを決めて、誠也に差し出された短刀の柄を握り締めた。

地面に跪いた颯天の、スッと伸びた二本の角を見下ろす。震える指で黒い髪を掻き分け、颯天に言われた……根元の部分を指の腹で撫でた。

確かに、節になっている。尖った先端は骨のように固いけれど、そこだけは爪が食い込む柔らかさだ。

「……躊躇うなよ。一気にやれ」

「左手で角を掴み、右手で刀を叩きつけるように斬るんだ」

誠也に誘導されて、左手で颯天の左の角を掴む。

右手も左手も、みっともなく震えていて上手く力が入らない。けれど……迷う時間はさほどないことは、わかっていた。

洞窟のほうから、大勢の声らしきものが聞こえてくる。そちらに気を取られそうになった静夏を、颯天が低く名前を呼んで意識を引き戻した。

「静夏。やれ」

「……わかった」

小刻みに震える右手で、刀を強く握り締める。

ドクドクと胸の内側で荒れ狂う鼓動を感じながら、狙いを定めて角の根元部分に振り下ろした。

「っ！」

ザクリ、とこれまで体感したことのない嫌な感触が伝わってくる。覚悟していたような、血は見えない。

左手に、斬り落とした角を握り締め……ていたけれど、その角がザラリと崩れて地面に白い砂を振り零したように舞った。

「え……颯、天っ！」

残っていた右側の角も、水をかけた角砂糖のようにボロボロと崩れ……消えた。

「静夏。鬼が来た。ここを離れるぞ。宮原くん、颯天を運ぶのを手伝ってくれ」

「あ……あ、はい……」

短刀を鞘に収め、呆然としていた静夏の肩を叩いた誠也は、同じく言葉もなく佇んでいた宮原を促して颯天の腕を首に回して引っ張り起こす。

どこにも力が入っておらず、意識を失っていることは間違いない。

顔色が蒼白で、双眼は固く閉じられ……まるで生気を感じられない姿に、静夏も血の気が引くのを感じる。

「静夏っ！　おまえまで倒れるなよっ。泣くのは後だ！」

「ッ……うん」

誠也に急かされ、ハッと顔を上げた。

……泣かない。

颯天がどうなったのか、まだわからないのだ。

なにより、自分がしたことを後悔して泣くのは、許せない。

颯天は……そんなことを望まないだろう。

まだ、颯天の角を斬り落とした際の感覚が残る右手を強く握り締め、血の味がするほど唇を噛み締めて……力なく運ばれる颯天の後ろ姿を、目に焼きつけた。

颯天が、かつて「出られない」と口にしていた『長の結界』とやらを、何事もなく抜けられたと気がついたのは……広場にある石碑が目に入ってからだった。

「静夏。手を出して」

誠也に促されるまま右手を出すと、ナイフで切った指先の血を拭い、高機能絆創膏を貼りつけられる。

「これで、いいかな。颯天は、結界があるから自由に出られないって言ってたそうだけど、念のためにね。あとは……近いうちに物理的に洞窟を崩して、人間も入れないように手配する。あの鬼たちは颯天が角を失った姿を見ただろうから、深追いすることもないだろう」

「……うん」

ぽつぽつとしめ縄に落ちた血のシミを見下ろしていた静夏は、誠也の言葉に小さくうなずいた。

茅野の本家に伝わる文献を参考に、自分たち『茅野』の二人の血を使って二重に結界を張る。その上で、うっかり人間が迷い込まないようにアチラとコチラの境界を完全に塞ぐことができるのなら、それに越したことはない。

「帰ろう」

ここに長居する理由はない。静夏は洞窟に背を向けると、早足で広場を突っ切る。振り返らなくても、静夏のすぐ後を誠也がついてきていることは、足音と気配でわかった。

「もう三日だな。颯天は……まだ目覚めないのか」

「ん……でも、心臓が動いてるから。あたたかいし」

静夏は意図して軽い口調で言い返す。

颯天は、大丈夫。角を失い、人として生まれ変わるために、今は……ただ深く眠っているだけだ。

誠也は背後にいるから、顔を見られなくて幸いだった。

口調は軽くても、不安でいっぱいの表情をしている……という自覚がある。

「まぁ、体力はあるだろうからな。診療所の先生が言うように、眠っているだけのようだから、いずれ目を覚ますとは思うけど……」

この集落にある唯一の診療所の、老医師の見立てだ。あまり信用できない……という言い方は失礼だと思うけれど、ここにはＣＴやらの検査機器はないから、眠っているだけという言葉を素直に受け止めていいものか悩ましい。

でも、颯天を街の大きな病院に運んで本格的な検査をすることはできないので、いずれ目覚めると信じるしかない。

坂を下りると、誠也は小道の脇に停めてあったワゴン車に乗り込み窓から顔を覗かせる。

「本当に送らなくていいのか？」

「うん。散歩がてら、歩いて帰る。五分そこそこだし」

「じゃあ、俺は仕事に戻るけど……颯天が目を覚ましたら、連絡してな」

静夏はゆっくりと走り出した車をその場で見送った。

ここからすぐの古びた家で、颯天が眠っている。

茅野の、本家が所有する家の一つだ。集落の外れにあるので、人目につきにくく……存在を公にできない颯天を寝かせておくには、最適の環境だ。

息を切らして家に駆け込んだ静夏は、行儀悪く靴を脱ぎ捨てて玄関を上がると、早足で廊下を進んで颯天を寝かせている座敷の襖を開けた。

「……颯天。まだ寝足りないのか？」

畳に膝をついて見下ろした颯天は、一時間ほど前にここを出た時のままだ。

そっと手を伸ばし、艶やかな黒髪に指を絡ませて、角があったはずのところを指の腹で撫でた。

名残は……かすかな皮膚の盛り上がりと、丸く髪が生えていないことだけだ。

「ふ……誠也さんが、颯天はイケメン過ぎるから五百円ハゲくらいどうってことないだろ、だって。他人事だと思って簡単に言うよな。……そのうち髪が生えるよ。もし、このままでも、おれは気にしないけど」

静夏が話しかけても、颯天が瞼を開く気配はない。

あの時に比べれば遥かに血の気が戻った頬を手のひらで包み、そっと首筋を撫で下ろして……誠也に借りた浴衣の胸元に、手のひらを差し込む。

今の颯天を見て、『鬼』と呼ぶ人間は誰もいないと断言できる。

「あたたかい。心臓……動いてる」

颯天に触れて生命活動を確かめた静夏は、ホッとして背中を屈めると、厚みのある胸元に頭を押し当てた。

生きている。それでいい。ここにいてくれるだけで、幸せだ。

でも、ワガママを言わせてもらえれば……声を聴きたい。漆黒と濃紺の瞳に、自分を映してほしい。

「颯天がなかなか起きてくれないから、誠也さんと話す時間がたっぷりあったよ。きっと颯天が知らないことも、いろいろ聞いた。神藤……って颯天が名乗った名前は、お母さんの姓だったんだな。残念ながら、集落の神藤家は断絶しているそうだけど……家系図が残っていた。颯天のお母さんは、二百年も前の人だったのか」

時間の流れが異なると、『郷』にいる時に颯天から聞いたことがある。結界を通過する際、なにかしら時空の歪みのようなものが生じるのかもしれない。

静夏が影響を受けることなく、アチラとコチラでの時間の経過がほぼ同じだった理由は、『茅野』の血が原因か……たまたま時空の捩れが緩やかだったのか、それはわからないけれど。

「もともと、コチラの人間と『郷』の住民たちは……適度な距離を保って共存していたんだって。茅野の祖先は異形の『鬼』を忌《い》み嫌い、村を襲った鉄砲水《てっぽうみず》を鬼の仕業だと吹聴《ふいちょう》して……調伏法《ちょうぶくほう》を会得《えとく》したことへの説得力を持たせるために、討伐して自身の力を村人に示した。山で行方不明者が出たりしたら、全部『鬼』に攫われたことにして人々の恐怖を煽り……『茅野』を頼るように仕向ける、か。人間や『茅野』を憎んで当然だ」

誠也と、伯父が語ったのは……集落では正義とされている『茅野』と粗暴《そぼう》だとされていた『鬼』に関する、予想外の真相だった。鬼を討ち取ったという茅野の祖先は、自分に都合よく話を創り上げて権力を手に入れた……野蛮な賊《ぞく》と変わらない。

「鬼に関することはすべてタブーとして、記録に残せないわけだ。集落の人たちは、本当のことを知らないいんだろうな……」

事実を知るのは、茅野の本家の……それも、ごく一部のみ。

静夏も、三年前の『神隠し』騒動や今回のことがなければ、きっと一生知らないままだった。

「颯天が竹細工とかの工芸品を器用に作るって言ったら、誠也さんが販売の手伝いをしてくれる……って。他にも、颯天にできることはいっぱいあるよな。ずっと、独りで生きてきたんだから……なんでもできる」

誠也は、颯天がコチラで生活できるよう可能な限りサポートをしてくれると言っていた。

それが、『茅野』の子孫である自分にできる精いっぱいの罪滅ぼし……罪悪感を軽くするための、自己満足だよと自嘲の笑みを滲ませた。

でもそれなら、『茅野』の血を継ぐ静夏も同罪だ。

「おれに、ごめん……って直接言わせてよ。角、痛かったって責めていいから」

ポツポツと話していた静夏は、大きく息をついて顔を上げた。

乾いた颯天の唇を指先で辿る。

「なぁ、颯天。そろそろ、起きろよ。もう寝飽きただろ」

目覚めを促す台詞は、何度目かわからなくなるほど繰り返した。けれど、やはり颯天はピクリとも動かない。

「……唇、カラカラだ。喉が渇いてるんじゃないか?」

指の腹に引っかかる唇の皮に眉を顰めて、枕元に置いてあるグラスに手を伸ばした。

颯天が目覚めれば、喉の渇きをすぐ癒せるように……と、新鮮な水を一日に何度も汲み替えてある。

それを一口自分の口に含み、そっと颯天の唇に押し当てて移す。

「え……」

ふと、ほんのわずかに颯天の唇が動いたように感じて、慌てて唇を離した。

食い入るように見下ろしていると、……少しだけ唇を開いた！

「やっぱり、喉が渇いてるんだ。もう少し、水……を」

ドクドクと心臓が鼓動を速めて、グラスを掴む手が震える。

逸るまま先ほどより多く水を含んだ静夏は、もう一度颯天に唇を押しつけて口腔に水を流し込んだ。

「ッ……」

小さく噎せた颯天が、かすかに身体を動かす。眉を顰めて……睫毛を震わせた直後、薄っすらと瞼を持ち上げた。

「颯天っ？　目……覚めた？　おれの声、聞こえる？　見えるかっ？」

颯天の顔を覗き込んだ静夏は、そっと頬を撫でて更なる覚醒を促す。

緩慢な動きで首を動かした颯天は、眩しそうに何度かまばたきを繰り返し……唇を震わせた。

「……静、夏？」

かすれた、聞き取るのがやっとの小さな声だったけれど、確かに「静夏」と聞こえた。

目覚めた颯天が、一番に静夏を呼んでくれた。

深呼吸を、一つ……二つ。

静夏は、なんとか急く心を落ち着かせ笑いかける。

きっとぎこちないものだろうけれど、目覚めて一番の颯天の目に映すものは、泣き顔ではなく笑顔だと決めていた。

「俺は……随分と眠っていたのか？」

静夏と視線を絡ませた颯天は、まだ眠りの余韻が漂う声と表情で問いかけてくる。

ここがどこかわからないのはもちろん、眠りに落ちる寸前になにがあったのか……まだ、状況を捉えられていないのだろう。

「おはよ。うん……めちゃくちゃ、寝てたよ。待ちくたびれた」

「そうか。……すまなかった」

「いいよ。きちんと、起きてくれたから。気分は悪くない？　どこか、痛いところとかは？」

「ああ……いや、悪くない気分だ」

ゆっくりと長い腕が伸びてきて、引き寄せられるまま颯天に身を添わせる。半分乗り上がる体勢は重いのではないかと思ったが、颯天は腕の力をますます強くする。

グッと抱きすくめられたと同時に、目尻から温い涙が零れ落ちてしまった。

「静夏？　泣いてるのか？」

「……ない。颯天が、ここにいるのに……泣かない」

みっともなく震えて上擦った声は、否定しながら嘘をついていると、颯天にも伝わっているはずだ。

でも、なにも言わず……ただ強く背中を抱き締められる。

「なにが、あった？　どうなったか……頭がぼんやりとしている」

そう言いながら右手で髪を掻き上げた颯天は、そこにあるはずのモノが手に触れない……明らかな違和感に気づいたらしい。

声もなく、自分の右手をマジマジと凝視している。

「颯天は、賭けに勝ったんだ。ゆっくり、思い出せばいいよ。全部……おれが話すから」

「……ああ」

颯天は、まだ気づいていないだろう。自身の変化が、角の消失だけでなく……濃紺だった左の瞳が、右と同じ漆黒のものに変わっていることに。

颯天が幾度となく「静夏と違う」と言った、異形の名残は……誠也曰く、「五百円ハゲ」だけだ。

「もう、忘れることも……離れることもない。颯天が傍にいることを許してくれる限り、だけど」

「おまえではなく、俺が静夏に請うべき願いだ。おまえを愛している。静夏と、生ある限り共に在りたい。……いいか？」

常に感情を押し殺していた颯天が、隠すことなく想いを伝えてくる。

それだけですべてを赦されたように感じて、颯天の頭に触れてそっと角の跡を撫でた静夏は、大きくうなずいた。

「ずっと、一緒にいよう」

黒曜石のような、漆黒の双眸に自分が映っている。

それが、徐々に近づいてきて……颯天の吐息が唇を撫でるのに、ゆっくりと瞼を伏せた。

秘する戀

颯天《はやて》が目を覚まして、間もなく一週間。

環境が違うのだから当然だが、まだコチラの生活に慣れないらしい。

夜の帳《とばり》が下りて電気を灯すと、天井から吊り下げられた照明を見上げて、いつも眩しそうに目を細める。

颯天に続いて風呂を使った静夏《しずか》は、廊下に立ち止まり……不思議そうに天井《てんじょう》を仰いでは目をしばたたかせている颯天を目にして、クスリと笑った。

「……静夏」

室内に一歩足を踏み入れた静夏に気づいた颯天が、立ち上がって近づいてくる。こうして頭から足元まで眺めても、少し前まで自分たちが『鬼《おに》』と呼んでいた異形の姿だったとは思えない。

二本の角は消失して、瞳の色が左右共に漆黒になり……二十代後半の、長身の青年だ。

「誠也《せいや》さんの浴衣《ゆかた》、少し丈が足りないけど……似合うね」

「あの男には、この家から……食物に着物まで、すっかり世話になっている。なにか礼をしなければならない」

生真面目《きまじめ》にそう口にする颯天は、皮肉《ひにく》ではなく、本当に世話になっていると感じているに違いない。

静夏と誠也が二人で語った茅野《かやの》と鬼に関する『真実』を聞いても、恨《うら》み言《ごと》を零すでもなく……冷静に受け止めていた。

誠也が「罪滅《つみほろ》ぼし」だとか「罪悪感を軽くするための自己満足」だと言っても、颯天にとって先祖のことなど関係ないようだ。今、自分が受けている厚意を、ありがたく感じているらしい。

あの『郷《さと》』でも人間との混血として生まれ育ち、不遇と言ってもいい環境だったと思うのに、この真っ直ぐさが静夏には不思議だ。

「颯天が気になるなら、ちょっとずつお返ししたらいいよ。竹細工とか、これからの季節は集落に猪《いのしし》が出るらしいから……それを狩ったり」

うなずいた颯天に、ゆっくりと両腕の中に包み込むようにして抱き寄せられた。

郷での、互いに溺《おぼ》れるような日々も、記憶を見失っていた三年間、夢で逢っていた不確かな存在に対する焦燥感《しょうそうかん》も霞《かす》み……今はただ、愛しい。

「颯天。おれ……明日には、家に帰らないといけないんだ。もうすぐ大学の夏休みが終わるし、広田さんと鹿島さんに快復したことを知らせて、謝らないと」

事情を知る宮原は、二人に「茅野は、貧血《ひんけつ》が酷くて寝込んでる。親戚の家で面倒を見てもらうから、ここに少し残るってさ」と説明してくれて、静夏を一人残して帰京した。

ここに来てから何度も寝込んでいたことで説得力があったらしく、二人は静夏を心配しつつも「誠也さんに任せておけば大丈夫かな」と帰ったそうだが、そろそろ顔を見せなければさすがにまずい。

なにより、急遽《きゅうきょ》テーマを変更したレポート制作を、三人だけにやらせるわけにはいかない。

「誠也さんが、生活全般のサポートをしてくれるって言ってたから、そのあたりは心配していないけど……。休みの日は逢いに来るから。それに、大学を卒業したらここに移住できるよう、根回しをしておく。でも……離れ離れは淋しい」

ギュッと颯天に抱きついて、最後に小さく本音を漏らす。

仕方がないとわかっていながら、こんなふうに我儘《わがまま》を口にする自分は……小さな子供みたいだ。

「永遠のさよならでは、ないんだろう？　それならいい。ここで静夏を待つのは、きっと楽しい」

宥《なだ》めるようにポンポンと背中を軽く叩く颯天に、ジリジリとした焦燥感が湧き上がる。

自分だけ別れを淋しがり、名残惜《なごりお》しさを感じているみたいだ。

「颯天は……淋しくない？　おれと過ごす、最後の夜なのに……平気なんだ？」

心身共に落ち着かなかったこともあって、角を失った颯天とは、まだ一度も触れ合っていない。だから、離れ離れになる前に……颯天の熱を身体にもしっかり刻みつけたくて、背中を抱く手にこれまで以上に力を込めた。

上手く誘惑する方法など、知らない。ただ、颯天を求めていることを伝えたい一心で、ピッタリと身を寄せる。

「静夏……コチラで改めて目にしても、おまえは美しい。似合いの女子もいるだろう。俺のものにして、本当にいいのかと……」

「……とっくに、颯天のものだよ。おれの心は、『郷』にいた時から変わっていない。おれの肌に触れたのも、おれが触ったのも颯天だけだ。おれは今でも、颯天しか欲しくない」

顔を上げた静夏は、颯天と真っ直ぐ視線を絡ませて想いを口にする。

この心も身体も、なにもかも颯天で埋め尽くされていると……どんな言葉なら、きちんと颯天の心に届くだろう。

もどかしくて、これ以上の言葉が出てこなくて、颯天の頭を引き寄せ唇を触れ合わせた。

「颯、天……ン」

舌先で唇を軽く辿ると、痛いくらいの力で身体を抱き寄せられた。

絡みついてきた舌が、熱い。颯天も静夏の体温を欲しているのだと、余裕のない口づけが語っていて嬉しい。

夢中で舌を絡ませているうちに、脚の力が抜けて立っていられなくなった。

「っ……ン、は、颯天。も……立って、られな……」

「ああ……寝所に移動しよう」

軽々と静夏を抱き上げた颯天は、迷いのない足取りで布団を敷いてある奥の部屋へ向かう。

密着した颯天の身体が熱くて、自分だけが求めていたのではないと言葉ではなく伝わってきて……静夏は細く安堵の息をつくと、ギュッと颯天の肩に抱きついた。


「ん……ぁ、ッ、あ……」

シャツのボタンを外し、颯天の手が素肌に触れてくる。それだけで、身体の奥底から際限なく淫らな熱が湧き上がる。

自分だけが溺れているのではないと確かめたくて、颯天の胸元を撫で下ろし……下腹に手を伸ばした。

「ッ！」

「颯天……も、熱い」

指に触れた屹立に、ホッとして唇を緩ませる。

指を絡ませて更に熱を煽ろうとしたけれど、妨害するように強く背中を抱き寄せられて、それ以上触り続けられなくなってしまう。

「なんで……もっと、触りたい」

「……悪い。静夏に触れられると、すぐダメになる。俺に、触らせてくれ」

「ずる……っ」

触りたいのは、静夏も同じだ……と、訴える間はくれなかった。

シャツの背中を捲り上げるようにして大きな手が素肌に這わされ、そのまま下へ撫で下ろしていく。

颯天の膝に乗り上がり、がっしりとした腰を膝で挟み込む体勢では……どこにも逃げることができない。

「あ……、ッ……ん」

双丘の狭間《はざま》に指が押し当てられて、ビクッと背中を震わせた。潤《うるお》いが足りないと感じたのか、一度離れていき……自ら舐め濡らして、再び指先を潜り込ませてくる。

「ッ、あ！」

疼痛《とうつう》に眉を顰めたのは一瞬だった。

誘い込むように粘膜が絡みついて、颯天の指を歓迎しているみたいだ。全身で、颯天が欲しいと求めているのだと……改めて感じる。

「颯天、いい……から。すぐ、欲しい」

「だが、これではまだ……おまえを傷つけたくない」

「い、い……って。少しでも長く、颯天を感じたいんだ。だから……」

こうして、指を馴染ませる時間さえ惜しい。自分でもどうかしていると思うほど、颯天を受け入れたくて堪《たま》らない。

首に腕を回して抱きつき、耳に唇を押しつける。軽く歯を立てながら、もう一度「颯天が欲しい」と懇願《こんがん》した。

「……静夏」

「んっ……ぁ、あ……入っ……」

じわじわと身体の奥に突き入れられる熱塊を、歓喜に身を震わせて受け入れる。

心身の苦痛と快楽が複雑に交錯《こうさく》して、五感が麻痺《まひ》する。ただひたすら、颯天だけを感じる……。

「嬉し……、颯天。っ……ね、颯天も……おれ、感じる？」

「ああ……熱い。静夏。俺の理性を狂わせるのは、おまえだけだ。静夏しか……いらない」

「ん、全部あげるよ」

身も心も、すべて颯天のものだと……口づけで伝える。

密着した胸元で響く激しい鼓動が、どちらのものかあやふやになるほど混じり合う。

「あ、あ……まだ、っ……もっと」

「ン……静、夏」

「や、やだ……離れるの、嫌……だ」

このまま、一つに融け合ってしまえばいいのに……と熱い背中を強く抱いて、終わりを惜しんだ。


「明るくなってきた。……朝になっちゃうね」

「そうだな。小鳥が暁《あかつき》を告げている」

耳を澄ますと、窓の外から小鳥の囀《さえず》りが聞こえてくる。

離れるのが惜しくて、指を絡ませて手を握り合っているけれど……もう少ししたら静夏を駅まで送ってくれる誠也が、迎えに来る。

この手を、離さなければならない。

「夏休みのあいだに、もう一回来るよ。その後は、連休があるし……また来たって笑われるくらい、来るから」

「ああ……待ってる」

颯天は、静夏の額に唇を押しつけてクスリと笑った。ぐずる子供のようだと、思われたのかもしれない。

「颯天はもう、隠れなくていいし……おれのことも、隠さなくていいんだ。これも、普通にしていたらわかんないだろうし」

颯天の髪に指を潜らせて、かつて角のあった場所を撫でる。颯天は無言で、くすぐったそうに目を細めた。

「あ、ただ……おれとの関係だけは秘密にしたほうがいいかな。誠也さんには、もう全部知られているけど」

「……わかった。俺の心は、静夏だけが知っていればいい」

「うん」

完全に夜が明けるまで、まだ……もう少しだけ。

交わした視線で同じ心情なのだとわかるから、障子《しょうじ》越しの仄《ほの》かな朝陽の中、ギュッと手を握り合って唇を触れ合わせた。

■あとがき■

こんにちは、または初めまして。真崎《まさき》ひかると申します。この度は、『鬼《おに》の戀隠《こいかく》し』をお手に取ってくださり、ありがとうございました！

あまり『鬼』らしくない鬼だったかと思いますが……しかも最後は、「五百円ハゲ」という色気のなさ……。こ、こんな『鬼』ですが、ちょっぴりでも楽しんでいただけると幸いです。

イラストを描いてくださった、陵《みささぎ》クミコ先生。「すみません」と「ありがとうございます」を、原稿用紙百枚に書いてお渡ししたいくらいご迷惑をおかけしました。なのに、男前な颯天《はやて》とすごく美人な静夏《しずか》を、ありがとうございました！　二人とも、愛しいです〜。

前回に引き続き、恐ろしくお手を煩わせました担当F様。……反省文五百枚でも足りないくらい、お世話になりました。ありがとうございました。今年は、もう少し人として恥ずかしくないように、いろいろ頑張りたいです……。気を引き締めて参ります。

ここまでおつき合いくださり、ありがとうございました。関係各所へのお詫び文のみのあとがきで、失礼致します。また、どこかでお逢いできますように！

この本が出る頃には二〇一九年ですね。今年もよろしくお願いします。

真崎ひかる

初出
「鬼の戀隠し」「秘する戀」書き下ろし

CHOCOLAT BUNKO

この本を読んでのご意見、ご感想をお寄せ下さい。
作者への手紙もお待ちしております。

あて先
〒171-0014東京都豊島区池袋2-41-6
第一シャンボールビル 7階
(株)心交社　ショコラ編集部

鬼の戀隠し

2019年1月20日　第1刷

著　者:真崎ひかる
発行者:林 高弘
発行所:株式会社　心交社
〒171-0014　東京都豊島区池袋2-41-6
第一シャンボールビル 7階
(編集)03-3980-6337 (営業)03-3959-6169
http://www.chocolat_novels.com/
印刷所:図書印刷 株式会社

尻尾だけ好き？～恋する熊猫～

真崎ひかる
イラスト・小椋ムク

や…だ、尻尾にぎらないでっ！

巨額スポンサーの父に頼み、特殊絶滅種研究所の視察に同行した珠貴。偶然出会った珠貴を特別扱いしない笠原と、彼が抱いていたレッサーパンダに興味を持ち、珠貴はコネで彼の雑用係になる。だがスポンサーの息子だとばれ、笠原を買収しレッサーパンダを融通させようとしていたと誤解されてしまう。人間だから信じてもらえないと考えた珠貴は、半獣化すべく故意に自らを混合汚染させると、ふさふさの尻尾が生え……。